まど・みちお●

Michio Mado

いわずに おれない

集英社 be 文庫

☆本書はインタビューをもとに
新たに書きおこしたものです。
また、詩は本書に収録するにあたり、
著者により底本の改稿がありました。

いわずにおれない

目次

目次

カバーデザイン／藤村雅史
本文デザイン／渡辺貴志
撮影／秋元孝夫
カバー・イラスト／末永 史
インタビュー・文／細貝さやか

第一章
ぼくがボクでいられる喜び

一生懸命になれば、いのちの個性が際だつ

　まど・みちおという名前に聞き覚えがなくても、その詩は日本人なら誰でも口ずさんだことがあるはずだ。

〈ぞうさん／ぞうさん／おはなが　ながいのね〉

〈しろやぎさんから　おてがみ　ついた〉

〈ふたあつ、ふたあつ、なんでしょか。〉

〈ポケットの　なかには／ビスケットが　ひとつ〉

　子どものころから親しんできた、あの歌もこの歌も彼が作詞したものなのだから。童謡も含めると、まどさんがこれまでに発表した詩は二〇〇〇編を超える。一九九四年には、児童文学のノーベル賞といわれる国際アンデルセン賞作家賞を日本人として初めて受賞。九〇代になってからも、年に一冊のペースで新しい詩集を出版している。

　明治、大正、昭和、平成と、一世紀近くを生きてきた詩人の、決して涸れることのない内なる泉から、こんこんとわき出てくる詩。そのほとんどは、

ひらがなだけで書かれた短いものなのに、驚くほどの深さと広がりを秘めている。子どもからお年寄りまで、あらゆる世代の心にスッと入り込み、その人自身も気づいていなかった渇きを潤していく。読む者の心の窓を大きく押し開けて、いままで見えていなかったものを見せてくれる。

そんな作品たちは、どのようにして生まれてくるのだろう。穏やかな光をたたえた目を恥ずかしそうにしばたたかせながら、まどさんは語り始めた。ちょっと甲高い声で、ゆっくりと、ゆっくりと。

◆

ふつうの人だったらね、その詩をつくったときのことをよぉく覚えていらっしゃって、どういうふうな思いからこういう詩が生まれたか話ができると思うけれど、私はまるきりダメなんです。もともと劣等な石頭のところへ、もうろくが加速度的にひどくなってきておりますから、もうなんもかんも忘れてしまって。

だから、そのときどんな気持ちで書いたかっちゅうことはあまりお話できんし、前にどこかで書いたり話したりしたことの繰り返しになってしまうかもわかりません。私の詩作品とも言えない貧しい詩作品を、今の私がどう感じるかというのだったらいくらかは話せるけれど、やっぱりろくでもないボケ話になってしまうと思います。それで、いいでしょうか。どうかお許し願います。

そう言いながら、まどさん、深々と長々と頭を垂れる。やっと顔をあげたと思ったら、コーヒーを運んできた二〇歳そこそこのウェイターに向かい、「あ、すんません」と、またペコリ。詩人の谷川俊太郎さん、作家の江國香織さん、臨床心理学者の河合隼雄さん、宇宙飛行士の毛利衛さん、そして、まどさんの詩の中から約八〇編を選んで英訳し、その魅力を海外に伝える手助けをされた美智子皇后……数多くの熱心なファンをもつ九六歳の詩人は、こちらが恐縮してしまうほど謙虚だ。

そもそも詩というのは、一〇人読んだら一〇人が違う感想をもつものでね。感じ方はひとつじゃなくていい、その人が感じたいように感じてもらうのが一番いいと私は思っておるんです。だから、この詩はこういうふうに読んでほしいっちゅうことは、それをつくった私にも言えないんですよ。ただ、その詩がどういうふうに読まれたがっているかということはあります。

たとえば「ぞうさん」でしたら、〈ぞうさん／ぞうさん／おはなが　ながいのね〉と言われた子ゾウは、からかいや悪口と受け取るのが当然ではないかと思うんです。この世の中にあんな鼻の長い生きものはほかにいませんから。顔の四角い人ばかりの中に一人だけ丸い人がおったら、本来はなんでもない「丸い」っちゅう言葉が違う意味をもってしまう。われわれ情けない人間だったら、きっと「おまえはヘンだ」と言われたように感じるでしょう。

ところが、子ゾウはほめられたつもりで、うれしくてたまらないというふうに〈そうよ／かあさんも　ながいのよ〉と答える。それは、自分が長い鼻をもったゾウであることを、かねがね誇りに思っていたからなんです。小さい子にとって、お母さんは世界じゅう、いや地球上で一番。大好きなお母さんに似ている自分も素晴らしいんだと、ごく自然に感じている。つまり、あの詩は、「ゾウに生まれてうれしいゾウの歌」と思われたがっとるんですよ。

フフフッともホホホッとも聞こえる楽しげな笑い声とともに、深いシワの刻まれた顔が、ますますしわくちゃになった。

私の作品には、そんなふうに生きものがその生きものであることを喜んでるっちゅう詩が一番多いでしょうね。ゾウだけでなく、キリンもクマもウサギもナマコも、なんだって分け隔てなく書いとりますよ。「ぞうさん」が一番ポピュラーになったんで、みなさん、あれが私の代表作だと言ってくださいますけど。

私自身は、「ノミ」（21頁）という作品がわりあい好きです。〈すばらしいことが／あるもんだ／ノミが／ノミだったとは／ゾウではなかったとは〉っちゅう詩がね。自然がやってくださることはものすごく大きいことだという事実を、非常に短い言葉で簡単に言っとるだけなんだけれど、その事実が私には限りなく魅力的に見える。あの世行きが近くなってからは、なおさらに。

この世の中には生きものがごまんといますが、みんなそれぞれに違っている。もし同じだったらつまらないし、なんの進歩も発展もないでしょう？

違うから、素晴らしいんですよね。人間だってそうで、肌の色や髪の色が違うから、いい。同じ日本人でも十人十色、百人百色で、一人ひとり顔や考え方が違ってるに決まってるし、だからこそ価値がある。お互いに補い合い、助け合うこともできる。

それなのに今はみんな、人マネごっこばっかりやっとる。人と自分を比べては一喜一憂したりもする。それは本当に滑稽で悲しい、そして何より、もったいないことだと思います。

姿形のような目に見えるものを比較した場合、太った人と比べたら自分がヤセになるし、やせた人ならデブになる。背の高い人と比べればチビになり、小さい人ならデカになる。人と比べてどうであったところで、その人自身の価値が変わるわけじゃないですよね。むろん偉くもならん、落ちぶれもせん。そんなことぐらい、ほんとはみなさん、ご存じのはずなのに……。

人と自分を比べて自分のほうが偉いように思ったり、逆にダメなように感じて人をうらやんだり、人のマネをしたりするのは、一生懸命でない証拠なんじゃないかなぁ。小さな子どもは遊ぶとき、それに没頭して無心で遊びます。あんなふうに、自分の目の前のことに一生懸命取り組んでおれば、つまらんこと考えとる暇はないと思うんです。

一生懸命になるっちゅうことは、自分が自分になること。一生懸命になれば、一人ひとりの違いが際だつ。いのちの個性が輝き始める……。

自分が自分であること、自分として生かされていることを、もっともっと喜んでほしい。それは、何にもまして素晴らしいことなんですから。

すべての存在は、そこにあるだけで尊い

私の場合、詩は「つくる」っちゅうより「生まれる」という感じがします。たとえば、こんなことがありました。テーブルの上に置かれていたリンゴを見て、その美しさにハッとし、私の中の何かが震えた。なぜハッとしたんだろう、美しいと思ったんだろうと追求していったら、そのうち「リンゴが占めている空間は、ほかの何ものも占めることができない」ということに気がついて、またハッとしたんですね。

水に砂糖を溶かせば同じ場所に水と砂糖が存在することになるし、脳細胞にはいろんな記憶が同居していたりするけれど、そういったことを除けば、ひとつのものがあるとき、そこにはほかのものはあり得ない。そういう「ものの存在のしかた」っちゅうものが、すごく美しく荘厳に思えて、その素晴らしさを言わずにおれなくなったんです。

そうして生まれたのが、一九七二年に発表した「リンゴ」という詩だ。

リンゴを　ひとつ
ここに　おくと

リンゴの
この　大きさは
この　リンゴだけで
いっぱいだ

リンゴが　ひとつ
ここに　ある
ほかには
なんにも　ない

ああ　ここで
あることと
ないことが
まぶしいように
ぴったりだ

それからしばらくするとね。今度は、ありがたく思えてきたんです。リンゴでも、ゾウでも、ノミでも、マメひと粒でも、あるいは私みたいなインチキのぐうたら人間であっても、それがここにおればほかのものは重なってこ

こにいられない……っちゅうことは、この地球のうえでは、どんなものも何ものにも代えられない、かけがえのない存在として存在させてもらっている、自然の法則によって大事に大事に守られているということでしょう? それは、なんてありがたいことだろうと。

その感謝の気持ちを「ぼくが　ここに」(22頁)という詩にしたのは、一九九三年。ひとつのリンゴを見て感じた心の震えを、まどさんは二〇年以上にもわたって見つめ続けていたのである。

「ぼくが　ここに」は「リンゴ」の二番煎じ、自己模倣。同じことを手を替え品を替え書いてるようで、自分でもなんて進歩のない人間だろうとイヤになるけれど、これまたどうしても言わずにおれなくなって。

この世の中のありとあらゆるものは、すべてが自分としての形や性質をもっていて、それぞれに尊い。そこにあるだけ、いるだけで祝福されるべきものであり、みんながみんな心ゆくままに存在していいはずなんですよ。

なのに私たちは、人と自分を比べ、人のマネをして、かけがえのない自分を自分で損《そこ》なっている。人種や国籍や宗教の違いなどを理由に、他人の存在を侵すようなことばっかりやり合っとる。ましてや人間ではないほかの生きもの、つまり動植物に対しては、メチャクチャ傍若無人に振る舞ってますでしょう？　年をとるにつれ、なおさらそのことが強く感じられて、これはやっぱり自己模倣になっても言っとかなくちゃならんと思ったんですね。

本当は、こんな偉そうなこと私には言えんのです。私自身、木からつくられた紙をたくさん使って詩集を出しているんですから。みなさんにわざわざ読んでもらう値打ちがあるのかどうか自分でも自信のない詩を本にするより、木は緑のまま自然の中に残しておいたほうが幸せに決まってます。その木はもちろん、動物や鳥や虫にとっても、私たち人間にとっても、そして地球にとってもね。

でも、それがわかっていても書かずにいられない。そのうえ、「いわずにおれなくなる」なんて詩（24頁）までつくって弁解してるんだから、私っちゅう人間は、ほんと嘘つきのインチキだと恥ずかしくなります。

自分自身に言い聞かせるかのように、まどさんは「ページ」という詩の中で、こう書いている。

読んでいる人は　気がつきません
でもページは　めくられるときの
わずかな風に
一しゅん
目をさまして　見るのです

心の中の　ふるさとの
二どと　かえれない林を
風にそよぐ　みどりの木々を
「立つ」という形に　かがやいている
じぶんたちの　すがたを　（後略）

本の頁となった木々の痛みを誰よりも感じ、その重さを引き受けているまどさんの中から、それでも「言わずに　おれなくて」生まれてくる詩。自分がみじめに思えて泣きそうなとき、自分を好きになれないとき、その詩を読むと、私は私でいいんだと思えてくる。自分の自分らしさを、周囲の人のその人らしさを、大切にしたくなる。

ノミ

すばらしいことが
あるもんだ
ノミが
ノミだったとは
ゾウではなかったとは

ぼくが　ここに

ぼくが　ここに　いるとき
ほかの　どんなものも
ぼくに　かさなって
ここに　いることは　できない

もしも　ゾウが　ここに　いるならば
そのゾウだけ
マメが　いるならば
その一つぶの　マメだけ
しか　ここに　いることは　できない

ああ　このちきゅうの　うえでは
こんなに　だいじに
まもられているのだ
どんなものが　どんなところに
いるときにも

その「いること」こそが
なににも　まして
すばらしいこと　として

いわずに　おれなくなる

いわずに　おれなくなる
ことばでしか　いえないからだ
いわずに　おれなくなる
ことばでは　いいきれないからだ
いわずに　おれなくなる
ひとりでは　生きられないからだ
いわずに　おれなくなる
ひとりでしか　生きられないからだ

第一章

一匹のアリ、一輪のタンポポにも個性がある

平凡な日常だって驚きと新発見に満ちている

神奈川県川崎市。ところどころに、まだ畑の残る静かな住宅地の一角に、まどさんの住まいはある。

昔はあちこちよく歩きましたが、近ごろじゃ郵便を出しに行くのが私の唯一の散歩です。郵便局のポストか、高校のそばにあるポスト。どちらも近くに小さな公園があるので、ポストへの行き帰りに子どもたちが遊んでるのを眺めながらベンチで休む。雨が降らなければ一日おきぐらいに行きますよ。真っ直ぐにさぁっと行ってさぁっと帰ってくれば、私の足でも往復二〇、三〇分の距離かなぁ。でも、たいがい一時間はかかります。あっち見たり、こっち見たりしてますから。

五月のある日、そんなまどさんの散歩に同行させていただいた。愛用の帽子をかぶり、両手を背中の後ろで組んで、ゆるりゆるりとではあるけれど

杖もつかずに歩く。

　数日前、こうして散歩してましたら、道路を隔てた向こう側でカラスが一生懸命なんかやっとるんですよ。立ち止まって見ていたら、楓《ふう》の並木の小枝が幹から出てるのをくちばしで折り取ろうとしている。失敗しても何度も何度も、いつまでもやってるんで、もう感心しちゃってね。これは完全に枝を折り取るまで見ていてやろうと、ずうっと見とったんです。しばらくして誰かが通りかかったものだから、パーッと逃げちゃいましたけど、あのカラスの執拗《しつよう》さ、一生懸命さには、ほんとビックリしました。

　そんなふうにね、九六年も生きとっても、今初めて気がついたっちゅうようなことがいくらでもあるんです。ほとんど毎日のように、新発見に出合いますよ。いつも通っている道、見慣れた景色だと思っても、もうほんとに驚くことばかり。一日として同じじゃあないんですから。

　その新発見の中には、これまでも目にはしていたのにちゃんと見ていなかったため、気づかなかったこともあると思います。あるいは、若いとき見たのを忘れてしまって、初めてのような気がしていることも。だとすると、忘れるっちゅうのも、ありがたいことですね。フフフフッ。

なんとも楽しそうに笑い、またゆるりゆるりと歩き始めたまどさんが、ふと足を止めた。

ここらへんにね、ちょっと前までスミレが咲いてたんです。濃い紫色の花が、いかにもスミレっちゅう感じでうつむいて。ほら、そこ、あなたの足もとにはえとるの、それがスミレです。

あわてて足もとに目をやると、石畳の歩道の割れ目から、わずかな緑が顔をのぞかせている。もう少しで踏んづけてしまうところだった……。

花が終わるとね、実になってポンとはじけて三〇センチぐらい飛ぶんですよ。これはまだ、はじけてないな。細かぁい種がいっぱいついとるでしょ。

はいはい、確かに。三つに割れて開いた殻の中に、茶色い種がびっしりつまっている。やがて、それぞれの殻が縦に閉じてきて種を圧迫し、はじき飛ばすのだという。しかも、スミレの種の先っぽにはアリに遠くまで運んでもらえるよう、アリの好物がついているというから恐れいる。

私は子どものころから小さなもの、細かいものを見るのが好きでね。アリの影だとか、熟れたムクゲの実の割れ目からのぞいている種の、陽《ひ》を浴びて光ってるうぶ毛だとか、いつまで眺めとっても飽かないんです。アリだってちゃんと影を連れて生きてるのを発見したときは、なんだか花束でももらったみたいな気分でした。キュウリの花の花粉に埋もれた小虫が微《かす》かに触覚を動かしていたりするのを見つけると、うれしくて息がつまりそうになった。

ガリバーになったつもりで地面に腹ばいになってオオバコの花を見れば、緑の尖塔のまわりに白鳥が群れて羽ばたいているよう。レンゲ草はひとつの茎に小さなスイートピーの花みたいなのがいくつも輪になってついていて、逆さにするとシャンデリアみたい……。

遠い日の思い出を目をキラキラさせ語っていたかと思うと、まどさん、つっと右手を伸ばし、道路脇の畑の隅に植えられたシソの茎をなでる。

この茎を切り取ると、切り口が丸ではなく四角なんです。それに気づいたときは、ほんとビックリしたなぁ。障子や畳や田んぼのような美しい四角形は人工的なもので、自然の中にはないと思ってましたから。で、そのときの実感を、「シソのくき」（46頁）という詩に書いたんです。今エニシダが咲いてますが、あの茎も四角ですよ。

そこの垣根にからまっとる蔓はヘクソカズラ。葉っぱをつぶすと臭いんで気の毒な名前をつけられちゃってるけど、夏に咲く花はとってもかわいらしい。白い花の真ん中が赤くて、お灸《きゅう》のあとみたいに見えるんで灸花《やいと》とも言います。

生まれ故郷の山口県から川崎市に移り住んだのは、戦後間もない一九四六年、三六歳のときのこと。その数年後に買い求めた植物図鑑を、まどさんは今も宝物のようにとってある。

この図鑑には、すごくお世話になったんですよ。これをもって、あちこち植物を見て回ってましたから。ほら、無数に書き込みがしてあるでしょ。昔の本なので、目次に書いてある頁と中とが合ってなくてね。目にした植物について調べるついでに、間違いを直してたんです。

そう言いながら見せてくれた植物図鑑は、ページの端が黄ばんではいるが、若き日のまどさんとともに野山を駆けめぐったとは思えないほどきれいだった。きっと大事に大事に扱っていたのだろう。

ん？　これは何かなぁ。イネ科の草なのは確かだけど、もう忘れちゃいました。たぶん植物の中でイネ科のものが一番、数が多いんじゃないかな。年

をとってから、ますますイネ科の草が好きになりました。葉っぱそのものが真っ直ぐに天を向いとるっちゅう感じがしてね。

さっきまでただの雑草でしかなかった緑の茂みが、そのひと言で、懸命に上を向いて生きているいのちのかたまりに思えてきた。まどさんの「窓」を通して見ると、世界が違って見えてくる。住宅街をほんの数百メートル一緒に歩いただけなのに、いったいもういくつの驚きに、新発見に出会ったただろう。

蚊のオナラ、ノミのアクビも描きたい

緩やかだがダラダラと続く上り坂の途中で、まどさん、コンクリートの塀に右半身をもたせかけた。お疲れになったかのかな、と心配すると、

この塀は傾斜が激しいんで、手を離すと、ほら、こうなっちゃうの。

三〇度ほど右に傾いた姿勢のまま、いたずら小僧のような顔でウフフッ。マネをして寄りかかってみたら、お日さまに照らされた壁がポカポカだ。

気持ちいいでしょ？　いつもここで休もうと試みるんですが、長くはもたれていられないんです。もうちょっと真っ直ぐだといいんだけど。

壁にもたれている間に、まどさんの歩きやすそうなスリッポンの靴ひもにアリンコが一匹しがみついた。それに気づくと、チョロチョロと靴を横断して反対側の地面に降りるまで足を動かさずに待っている。

若いときは平気で踏んづけてましたが、いまはそこにアリがおるのがわかれば、よけてあげたい。蚊でもゴキブリでも、できればたたきたくないです。反射的に思わずたたき殺してしまうことも多いけれど、たたきそこなうとホッとする。「ありがたい。殺さずにすませてくださった」と思って。

いやいや、私がやさしい人間だっちゅうわけじゃないんですよ。それどころか傲慢で、残酷なことといっぱいしとる。おそらく年をとって、あちら行きが近くなったからそう思うんでしょう。自分がかわいいから、自分自身への哀れみみたいなものでね。

とはいうものの、まどさんはもう何十年も前からアリや蚊のいのちをも、人間と同じ重さで謳ってきた。一九六九年に発表した「カ」（50頁）という詩のように。

ある日、本の頁を開いたら、ペシャンコになった蚊の死骸がはさまってて、まるで活字を植木鉢にしてひっそりと咲いた花のように見えた……っちゅうようなことが実際にあったんだと思います。もうあまりよく覚えておらんのですが。

この詩は、私も嫌いじゃないです。蚊っていう生きもののいのちをおろそかにせず見つめてる感じが、ちょっとは出せたような気がして。人間にいのちを奪われていく数多《あまた》の生きものの中でも、蚊は小さいし、刺すから、なおさら簡単に殺されてしまう。蚊のいのちなんて、私たちはとるにたりないほど小さいと思っとるけど、蚊は蚊として一生懸命生きてるんですよね。むしろ、蚊のほうが人間みたいに威張らんだけでも大したもんかもわからん（笑）。

その後も、蚊が羽を震わせる音を〈やまびこの　小さなまご〉にたとえたり、たたきつぶされた蚊を〈蚊は死にました／自分を　死なせたものの／てのひらのうえに…／一りんの／まっ赤な花を残しておいて…〉と弔《とむら》ったり。まどさんは、蚊を題材に数々の詩をつくり続けている。

ついこの間書いたのは、「カのオナラ」っちゅう詩。蚊のオナラは、きっとにおいも音も何もかも微かで、かわいらしくて絶妙なんだろうなと思ってね。苦心惨憺して書いたんだけれど、人に見せられる出来じゃありませんでした。なのにまた、ノミのアクビについても書きたいんです……。

蚊のオナラやノミのアクビを詩にしようなどと考えるのは、世界じゅう探

してもまどさんぐらいじゃないだろうか。

生きるためには、どうしたって何かを食べたり飲んだりしなきゃならん。子孫を残すためには性欲を使わんとならん。それは、すごく自然なことですよね。単細胞生物なんかは自分自身を分裂して増えていくらしいですが、雌雄の別のある生きものの場合はみんな、どんなに小さくても人間と同じようなことをしながら生きている。だったら、蚊やノミだってオナラやアクビをするかもしれんじゃないかと考えちゃうんですよ（笑）。専門的なことに詳しい人なら、そんなバカバカしいことは思いもしないんだろうけど。

繰り返しになりますが、すべての存在は等しく価値があり、それぞれに尊いという思いが、私の中には強くあるんですね。世の中にはいろんな生きものがいるけれど、それらを構成している細胞の、そのまた先の分子や原子となったら、われわれ人間も、ほかの動物や昆虫や植物も共通でしょう？　まあ言ってみれば、みんなきょうだいみたいなもんなんでしょう。

----「アリ」(48頁)をはじめ、蚊と同じくらいアリを詠んだ詩も多い。

小さな体でキビキビと一心不乱に働いているアリが、私にはいのちのかたまりのように見えるんですよ。いのちの不思議さ、まぶしさ、激しさを感じるっちゅうのかな。それにゾウなんかと違って、そばに寄ればいっぺんに全部を見ることができる。そういうこともあって、よくアリのことを書くんでしょうね。

あの詩では、アリのいのちを言葉で写生しようとしたんだと思います。アリっちゅうのは、六本の脚と二本の触覚、合計八本の細い線がボディから放射線状に出とるでしょう。まるで四方八方に火花を散らしている線香花火のようじゃないですか? 顔をくっつけてよく見ると肌が艶やかに光っておって、敏捷にパッパッと歩き、触ればはじかれたように逃げる。人間と比べたら、そのいのちは一瞬のようなものでもある。

そういうところから、〈いのちだけが　はだかで／きらきらと／はたらいているように見える／ほんの　そっとでも／さわったら／火花が　とびちりそうに…〉と書いた。同じ昆虫でも、芋虫みたいなもんだったら火花っちゅう感じはしませんよね。アリはああいう姿や生態だから、火花という比喩《ひゆ》が生きてくるんだと思います。

私はね、作品にリアリティを出したいっちゅう気持ちが強いんですよ。声やにおいからリアリティを追求する方法もあるけれど、私の場合は視覚的イメージによることが多い。「ミミズ」という詩（49頁）もそうでした。

どんな生きものも、その生きものらしく生きてるわけですが、特にミミズっちゅうのは手も足もなんにもないだけに、ボディ全体であらゆることをやっとるように見える。まるで体が、心そのものみたいに……。ミミズを詠むとしたら、まずどうしたってそのことを言わないとならんという感じがあって、ああいう詩になったんです。

〈ひとりで／もつれることが　できます〉という一文から始まる詩は、〈あんまり／かんたんな　ものですから／じぶんが…／で　ちきゅうまでが…〉と結ばれている。

ミミズの場合、自分が非常にシンプルだから、自分をおらしてくれている地球までが簡単なものだと信じてる……と私には思えたわけです。
実際に、ものが存在するっていうことはシンプルなことなんだと思います。ミミズはそれを、身をもって教えてくれてるみたいなところがありますね。ミミズ自身にそのつもりはないでしょうけど、ありがたいことです（笑）。

不思議でないもの、複雑でないものはない

なんとも愛しそうにミミズを語るまどさん。その隣を並んで歩いていたのだが、猛スピードで通り過ぎていった車に気を取られていたら、あれ、まどさんがいない!?　振り返ると、夕空からこぼれ落ちてきたような澄んだ青紫色をした可憐な花の群れに、我を忘れて見入っている。

ニワゼキショウ、アヤメの類です。小さいころ住んでいた徳山（現・周南市）の中学校の庭にも、これがいっぱい咲いてたなぁ。

この花もあの花もニワゼキショウで、どっちもそっくりみたいだけれど、よく見れば違ってますよね。一本一本、それぞれに個性がある。同じ人間だって、あなたと私じゃまるっきり大違いでしょ。ほかの存在も、みんなそうなんです。植物も動物も鳥も虫も魚も……。単細胞の原生生物であるアメーバでさえ、個性があると言われてるんですから。

あるとき、そのことにハッと気づいたら、自分が人間本意のエゴのかたまりだったように思えて、ほかの存在に申し訳なくなってね。言わずにおれなくなって、〈アリくん　アリくん／きみは　だれ／にんげんの　ぼくは／さぶろうだけど／アリくん　アリくん／きみは　だれ〉っちゅう詩（題「アリくん」）を書いたんです。アリたち一匹一匹に名前を聞いて、教えてもらった名前でそれぞれを呼んでやることができたら楽しいだろうなぁ……そんな気持ちもありました。

犬や猫ならまだしも、アリや菜の花の個性の違いなんて、まどさんの詩を読むまで考えたこともなかった。それどころか、ニワゼキショウ、ブナ、

カラスアゲハ、フナムシといった名前を知っていればいいほうで、「きれいな花」「大きな木」「チョウチョ」「気持ち悪い虫」と十把《じゅっぱ》一絡《ひとから》げにしてしまうことのほうが多い。

そもそもアリや菜の花っちゅう名前自体、人間が勝手につけたものですよね。われわれが社会生活をするうえでは名前がなくちゃ困るけれど、名前で呼ぶことと、そのものの本質を感じることは別なんじゃないでしょうか。なのに、「あ、チョウチョだ。あれはモンシロチョウか」と思った瞬間、たいていはわかったような気になって、その対象を見るのをやめてしまう。

どんな存在も見かけだけのものじゃないのに、人間はその名前を読むことしかしたがらないんですよね。本当に見ようとは、感じようとはしない。それは、じつにもったいないことだと思います。

アリや菜の花と呼ばれているものの存在そのものを感じたいと思うなら、名前にとらわれないほうがいい。だから私は、名前を離れ、自分の五感のすべてを使って、名前の後ろに隠れている、ものそのものの本質に少しでも近づきたいと思っておるんです。

……だけど、これが難しいんだなぁ。なんとか書けた、その存在をそっくり表現できたと思うこともありますが、それはほんとに瞬間でね。あとから自分の詩を読むと、「なぁんだ」と思うことばかりです。

ものの本質に迫りきれないのは、もちろん私自身の力が足らんから。ボケが日に日に進行しとるっちゅうこともあるでしょう（笑）。

ただ、それだけが原因じゃないような気がします。ひとつには、その存在を五感で受け止めようとしているこちらの状態が同じじゃないということ。うれしいときとか悲しいときとか、いろんな気分のときがありますからね。

そして最大の理由は、どんな存在も限りなく不思議で複雑だから。この世の中には不思議でないもの、複雑でないものなんてないんですよ。人間は科学っちゅうものを使っていろいろやっとるけれど、限りある人間の能力じゃとても届かんぐらい、すべての存在が複雑精妙で珍しい。人間さまだけが特別ってわけじゃないのは確かです。

そんな畏敬の念があるからこそ、まどさんは、ありとあらゆる存在を人間と同じ価値をもつものとして見つめ、それぞれの個性を、いのちの輝きを謳い続ける。

ただ、すべての生きものを人間と同じように見るっちゅうことは、危ういことでもあると思っています。

たとえば、アリにはアリの社会生活があるわけだけど、私たちとは感じ方や考え方が違うかもわからん。植物なんかは、切ったり折ったりしても痛くないのかもわからん。人間以外の生きもののことは結局、われわれにはわからないのを、わからんなりに想像して書いてるだけなんですね。同じ人間仲間のことだって、いや自分自身のことだって、私たちは本当のところ、わかっとらんのじゃないかなぁ。

だから、その「わからんのだ」っちゅう謙虚な心を失ったら、大変なことになっちゃう。作品のリアリティが失われるだけでなく、なんでもわかったような気になって、ますます人間が傲慢になりかねません。だから、わからないことを「わからない」と表現するのも、詩なんだと思います。

〈アリくん　アリくん／きみは　だれ〉とアリに呼びかけたまどさんは、「さくら」という詩の中で、こうも書いている。

まいねんの　ことだけれど
また　おもう

いちどでも　いい
ほめてあげられたらなあ…と

さくらの　ことばで
さくらに　そのまんかいを…

桜っちゅうのは、つぼみがふくらんできたと思っているうちにもう満開になっていて、きれいだなあと思っているうちに散りつくしてしまう。毎年、そうして私たちを喜ばせてくれている桜に、人間の言葉ではなく桜に通じる表現でお礼が言えたらなぁと、思わずにはおれません。不可能だとわかっていても、本当に一度でいいから……。

「結局はわからない、理解し合えない」ということを胸底にとどめ、それでも、わかりたい、伝えたいと願う。わかろうと、伝えようとし続ける……それは、人とつき合ううえでも、また人間以外のものたちに対するときにも、忘れてはならないことなのかもしれない。

シソのくき

おどろいてしまった
立ちがれたシソのくきを
切りとってみたら
切りくちが四角なのだ
まるではなくて…

まん月や
太陽
生きものの目や
木の実
その木の実が落ちて水の上にかく
波の　わ
そんな　まるいものが
自然の中にあるのは知っていた

だが　人間がつくった
あの美しい
障子や
たたみ
窓や
本
その本を天のだれかに読んで貰うために
野山にならべたかのような
田んぼと畠
などよりも先に
こんな所に四角がかくれていたのか！

人間などはまだ
しっぽのはえた四つ足で
山川をぴょこぴょこかけずっていた
大昔から…

アリ

アリは
あんまり　小さいので
からだは　ないように見える

いのちだけが　はだかで
きらきらと
はたらいているように見える

ほんの　そっとでも
さわったら
火花が　とびちりそうに…

ミミズ

ひとりで
もつれることが　できます
ひとりで
もつれてくることが　あります
ひとりで
もつれてみることが　あります
あんまり
かんたんな　ものですから
じぶんが…
で　ちきゅうまでが…

力

ある　ひとが
ふと　あるひ
手にした　ほんの
とある　ページを　ひらくと
ある　ぎょうの
とある　かつじを　ひとつ
うえきばちに　して

カよ
おまえは　そこで
花に　なって
さいている

そんなに　かすかな　ところで
しんだ　じぶんを
じぶんで　とむらって…

第二章
身近にある物たちも、いのちのお母さん

「あれは何？　どうして？」がすべての出発点

小田急線の新百合ヶ丘駅から歩いて二分ほどのところにある「お豆腐屋さんがやってる喫茶店」が、まどさんのお気に入り。取材や打ち合わせは、その「豆助屋《まめすけや》」を指定し、いつも約束の時間ちょっきりに、右手に紙袋を提げて現れる。袋の中身は、老眼鏡と直径一〇センチほどもある拡大鏡、ボールペンにサインペン。帽子を脱いで頭を下げてから席に着くのも、恥じらいながら話を始めるのも、いつものことだ。

何度もおいでいただいてすんません。大した話もできんのに。

この間、ハッとしたことを追求するうちに詩が生まれるっちゅう話をしましたね。そうではなく、たとえばコップについての詩を書いてくださいと言われて書くこともあります。ただ、一見なんでもないものであっても、なんとか作品にしようとじいっと見て考えているうちに新しい発見があって、結局はハッとしたときと同じようなことになったりする。

物というのは、見かけだけのものじゃないと思うんです。われわれ人間が便宜上コップと呼んでいる存在ひとつをとっても、これはどういうものかと考え始めたらきりがない。たとえば紙でできているか、陶器でできているか、ガラスでできているかによって、コップの質は違うでしょ。

それにコップは人工物ではあるけれど、ガラスのコップならそのガラスをつくっている珪素や炭素は人間がこしらえたわけじゃない。人間はただ自然の法則をなぞってガラスというものをつくり、型にはめただけなんですね。使い道にしても、飲み物を入れて飲むだけじゃなく、花をいけることもできる。割れてケガなんかしたら、それこそ凶器にもなります。

あるいはまた、このコップにコーヒーを入れて水面を上から見たらまん丸だけれど、こうして傾けていくと楕円形に見える。目の高さまで持ち上げれば、真っ直ぐな線になっちゃう。なぜそうなるのか不思議に思いませんか。いのちある存在がすべて複雑で不思議なように、いのちない物たちも、ふだん何気なく見ておるいろんな現象も、やっぱり不思議で複雑なんですよ。

だから、ここにあるコップでもテーブルでもなんでも、その存在をそっくり表現するのはとても難しい。ただ表面的に書くんだったら、別に詩にする必要はないわけでしょう？　すでにそこにあるコップやテーブル本体には、どうしたってかなわんのですから。

だから、ものを見るとき「これは本当はなんだろう」と思う感じは、いつもあります。不思議に思うということは、なんだろう、どうしてだろうと思うこと。「あれは何？　なんでそういうものがあるんだろう？　何してるんだろう？　なんでそういうふうになるんだろう？」という疑問が、考える出発点になる。

蚊のオナラやノミのあくびについて考えずにいられないまどさんは、いのちのない物たちの詩も数えきれないほど書いている。中でも印象的なのが、〈つけものの　おもしは／あれは　なに　してるんだ〉と、読む者の常識に揺さぶりをかけてくる「つけものの　おもし」（68頁）だ。

漬けものの重しは、人間がふつうの石を重しとして使ってるわけで、その石が本当は何かっちゅうことは全然わからんわけです。あの詩に書いたように私には、遊んでるようにも働いてるようにも、怒ってるようにも笑ってるようにも、寝ぼけてるようにもりきんでるようにも見える……。

むろん、石というのは生きてるわけじゃないけれど、生物と無生物の関係を考えれば、いのちあるものと区別して劣等なものだなどとは絶対に思えんのです。宇宙に漂っていたガスやチリから小惑星ができ、それらがぶつかり合い合体して地球ができ、四〇億年の遙か昔に無機の微粒子が溶け込んだ原始の海の中からいのちあるものが生まれ出てきた……ということは、要するに無生物は生物のお母さんみたいなものでしょう？　そして、私たち生物も死ねば、みんな土に、無機の微粒子へと還っていく。物から生まれて物に還るんですからね。いのちのない物も生きてるものたちと同じように立派な存在なんですよ。

「ゆのみ」という詩（70頁）で、私は〈人間たちがなんと名づけようと／ゆのみはゆのみでもなんでもないんだ／ちきゅう一かの一ばん小さな／身《み》うちなんだ〉と書きました。あれも、無生物は生きてないからといって、つまらんもんだっちゅうことはできないという気持ちを言いたかったんだと思います。地球が大きな土のかたまりなら、ゆのみは小さな土のかたまり。中に入るものも空気や水のようなもので似ています。つまり、ゆのみは地球一家の末っ子みたいなものじゃないかとね。

「もうひとつの目」(72頁)という作品にも驚かされる。
〈はたらきとおして/こんなに小さくなった　せっけんが/あたしの目には　どうしても/せっけんの/おばあさんのようには　見えない/せっけんの/あかちゃんのように　見えて/かわいい〉。ちびたせっけんのかけらさえ、まどさんの目にはかけがえのない存在として映るらしい。

私たちは家族や友達に支えられながら自分の力で生きてると思っているけれど、実際はいろんなもののお世話になっとるんです。われわれが食べている動物や魚や植物、水や空気や太陽はむろんのこと、茶碗、フォーク、椅子、ぞうきん、消しゴム、耳かき、鍋のふたのつまみ、信号……全部網羅しようとしたら、この本一冊まるまる使っても書ききれない(笑)。
そういった生物の母親みたいな無生物に人間は大変お世話になってるんだっちゅうことを言いたくて書いたのが、「ものたちと」という詩でした。

いつだってひとは　ものたちといる
あたりまえのかおで
おなじあたりまえのかおで　ものたちも
そうしているのだと　しんじて
はだかでひとり　ふろにいるときでさえ
タオル　クシ　カガミ　セッケンといる
どころか　そのふろばそのものが　もので
そのふろばをもつ　すまいもむろん　もの

ものたちから　みはなされることだけは
ありえないのだ　このよでひとは

たとえすべてのひとから　みはなされた
ひとがいても　そのひとに

こころやさしい　ぬのきれが一まい
よりそっていないとは　しんじにくい

すべてのものが読んでもらいたがっている

お代わりしたコーヒーに角砂糖を二つ入れ、スプーンでクルクルクルクル。カップの中に現れた小さな渦が消えるまで、じっと見守っていたまどさん、また目を上げると、思いがけないことを口にした。

私はね、劣等感のかたまりなんです。

なにしろ、人の思考についていけないんですよ。こんなふうに話をしてましてもね。一対一ならまだいいんだけど、四、五人で話し合ってると、いつの間にかそれを聞いてなくて、自分の考えの中に入り込んでしまう。だから、トンチンカンな返事をすることが多いんです。

さらにいけないのは、学歴がなく本も読めん。初めの二、三頁読むと、もう眠くなっちゃう。言葉についていて何も勉強してなくて、もともと持ち駒が少ないところへ、年をとってボケてきたらますます言葉が思い出せなくなってね。将棋で言えば、王将も飛車も桂馬もなく、歩ばかりがあっち行ったりこっち行ったりしてるようなもの。そんな乏しい材料で詩を書かなきゃならんのだから、もう劣等感のかたまりになっちゃって当然なんです。

決して謙遜ではなく、大まじめに真剣に、少し丸まった背をいっそう丸くして恥じ入りながら話し続ける。

ただ五〇歳のころ、本が読めないのは低血圧のせいだっちゅうことに気がついてね。おかげで、いくらか気が楽になりました。責任が自分ではなく、低血圧にあるみたいな感じで（笑）。それからは、「本が読めなくてもあせらんでいい、無理に読まんでいい。自分にとっての本はブックじゃなくて、ブック以外のすべてのものだ」と思うことにしました。

負け惜しみのこじつけなんだけれど、そういう目で見ると、すべてのものが読んでもらいたがってるようにも見える。自分のほんとの姿を、ほんとの声を読みとってほしいと言っとるように……。だから私の詩は、「ゆのみ」ならゆのみという存在を読んだ読後感のようなものなんです。

ものの本質に近づきたい、ほんとの声を読みとりたいと願って、まどさんが詩にするのは、生物や無生物だけにとどまらない。数について謳った「かず」という詩もある。

かずは　一から　はじまって

いくつまで　つづくのだろう
たしかめたく　なるのは
だれにも　たしかめられないからか

ぼくには　かずが
じぶんで　じぶんを
かぞえているように　おもわれる
うちゅうが　はじまった　その日に
一から　かぞえはじめて
いまでも　ずうっと
まだ　まだ　これからだと　おもって

だれも　いない
なんにも　ない
うちゅうの　まん中《なか》に　すわって

なんで　そうせずにはいられないかを
ひとり　かんがえつづけながら…

数っちゅうのは、一も数だが無限も数で、その違いはとんでもないほど。数学を専門にやってる方たちにとっては、円周率をはじめ不思議がいっぱいあるんだと思います。なんの知識もない私でも、やっぱり考えずにはいられませんし、逆に考えることだけはできる。この詩は、数えきれないという数がもっている性質のひとつを取り上げ、数にも個性があって、その個性がやりそうなことは……と考えてみただけ。中学生でも思いつくようなことで、お恥ずかしいです。

ゼロについても書いてみたいけれど、まだ書けないですね。ほんとになんにもないっちゅうことは、どういうことなんだろう。見ることもさわることもできない、においもなければ音も何もない……それを表現するのはものすごく難しい。

そもそも、「ここには何もない」なんて簡単には言えないと思うんですよ。たとえば光りっちゅうものは、闇があって初めてその存在がわかります。あるいは、空中にゴミでも浮かんでいれば、それに触れることで光りがあるとわかる。今、私の目の前の空間には何もないように見えるけれど、光りもあれば空気もある。音もにおいも存在してるんですよね。

本当になんにもなかったとしても、存在しないものが存在しているとも考えられる。だから、なんにもないっちゅうことは、そこにはなんでもありうるっちゅうことなのかもしれません。

なんだか哲学問答のよう。でも、そんなまどさんの思いは「かいだん・I」(76頁)という詩を読めば鮮やかに伝わってくる。

〈この　うつくしい　いすに／いつも　空気が／こしかけて　います／そして　たのしそうに／算数を／かんがえて　います〉

階段というのは美しいですねぇ。人間がつくったものの中でも、明らかに

目で見て美しい人工物のひとつだと思います。空気が腰かけていると書いたのは、階段が段々になっとるから。そうでないなら、「住んでいる」でも「座っている」でもいいわけですからね。そして、一段じゃなく何段も段々があることから、当然のように算数っちゅうことを思いついたんでしょう。

　目に見えるものだけでなく見えないものも、すべてをできる限り短く、わずかな言葉でもって言い表したいっちゅう思いが、私の中にはあるんです。たとえば、「あいさつ」とか「しゃっくり」なんかでもね、それそのものを私なりに表現したくなる……。

まどさんの手にかかると、「あいさつ」は、〈あいてを　どうとも／いえないから／てんきを　ほめたり／けなしたり〉。「しゃっくり」は、〈ようじも／いわずに／さいそくぁ／ひゃくど〉。そしてまた「いびき」は、〈ねじを　まく／ねじを　まく／ゆめが　とぎれないように〉となる。

私の場合、さっきも申しましたように語彙《ごい》が少なくて、ほんのわずかな言葉を操って書くんですからね。もう書くものは、たかがしれてるんですよ。でも、もし持ち駒が多かったとしても、簡単な言葉を使って、なるだけ短く言いたいっちゅう気持ちは変わらないでしょう。長いと説明になりがちですし、説明だと一〇人読んでも一〇人がみんな同じような感想をもってしまいますから。

極端なことを言えば、よけいな言葉が一文字も残らないところまで削り落とし、一行でたくさんのことを表現できたら一番いい。そしてその中に、いままで見たことのない何か、自分の新発見だと言えるものを出していきたい。どんなささやかな一語、文法上のひと工夫でもいいから……。

とはいえ、私は本が読めないうえに、もうろくしておりますからね。すごくひとりよがりのことを言っていたり、世間では常識的なことを自分の新発見みたいに思って得意になって話してたりすることも多いと思います。そのへんは堪忍してください（笑）。

つけものの　おもし

つけものの　おもしは
あれは　なに　してるんだ

あそんでるようで
はたらいてるようで

おこってるようで
わらってるようで

すわってるようで
ねころんでるようで

ねぼけてるようで
りきんでるようで

こっちむきのようで
あっちむきのようで

おじいのようで
おばあのようで

つけものの　おもしは
あれは　なんだ

ゆのみ

にがい茶をいれられようが
にえたぎる湯《ゆ》をいれられようが
うっかりおっことされようが
そのへんにころがされていようが
まるきりへいちゃらでくつろいでいる

いってみればゆのみはまあ
小さな土のかたまりでちきゅうが
大きな土のかたまりなのと同じなんだ

中にいれるものも空気でなかったら
水みたいなものだから
これとてちきゅうなみなんだ

人間たちがなんと名づけようと
ゆのみはゆのみでもなんでもないんだ
ちきゅう一かの一ばん小さな
身《み》うちなんだあわてることはない
たかぶることもないまあこのひろい
てんちのなかでゆうゆうかんかんなんだ

もうひとつの目

はたらきとおして
こんなに小さくなった　せっけんが
あたしの目には　どうしても
せっけんの
おばあさんのようには　見えない

せっけんの
あかちゃんのように　見えて
かわいい

ばかな目だなあ
と　思うけれど
そう　思うことが　できるのは
もうひとつの　すばらしい目が
見はっていて　くれるからだ

いつも
あたしたち　にんげんの
心のまん中に　いて

どうしてなのだろう

どうしてタンポポなのだろう
とどうしてだかのわたしが
どうしてだかのタンポポみれば
ヒバリがないて　ないてないてないて
どうして　ヒバリなのだろう

そうか　いのちあるかぎりは
どうしてなのだろうなのだ
とおもうはしから

いのちないかぜがふいてきて
いのちないくもがながれてきて

ああ　どうしてなのだろう
いのちあるものないもの
もののものよ　すべてのものよ
このちきゅうそのものよ
このうちゅうそのものよ
ああ　どうしてなのだろう

かいだん・Ⅰ

この　うつくしい　いすに
いつも　空気が
こしかけて　います
そして　たのしそうに
算数を
かんがえて　います

第四章
宇宙の永遠の中、みんな「今ここ」を生きている

長い進化の過程で磨かれた人間の感性は素晴らしい

まどさんは一九〇九年、山口県徳山市（現・周南市）で生まれた。やがて父親の仕事の関係で、一家は台湾に渡るが、五歳のまどさんだけが祖父母のもとに残される。その半年後におばあさんが亡くなり、台湾から迎えが来るまでの三年半をおじいさんと二人で暮らしたという。

春先、祖父に「ヨモギ餅をつくってやるから」と言われて、ひとりで田んぼに行って、あぜでヨモギを摘んだりしたものです。まだならしていない田んぼには、スズメノテッポウっちゅうイネ科の草が健気にはえてましてね。だいだい色がかった粒々をまぶしたような穂を引き抜き、葉っぱを折り曲げ口にくわえて吹くと、ピーッて鳴るんですよ。すると細～い金色の絹糸みたいな光りがのぼっていくのが見えるようで、世界じゅうがシーンとしてくる。広い天地の中に自分がひとりぼっちでいて、なのになんか知らんけどお～きな天から見守られている……そんな感じがありました。空で鳴いてるヒバリ

の一点と、自分という一点と、両親のいる台湾とが大きな三角形でつながってるみたいな感じもね。

――もうひとつ、幼いまどさんの脳裏に刻まれた光景がある。

徳山の町の、あれは雑貨屋さんだったかなぁ。棚に樟脳の箱みたいなのが並んでいて、そのレッテルにヒゲもじゃもじゃの鍾馗《しょうき》さんが描かれていたんです。よく見ると、鍾馗さんが手にもっている箱にも小さな鍾馗さんがいて、やっと見えるくらいの箱を手にしている。ということは、その箱にも目に見えないくらい小さな鍾馗さんがいて、もっともっと小さな箱をもってるんじゃないか。そう思ってガラス戸に顔を押しつけるようにして見入ってました。箱にじいっと見入っていると、無限に小さくなっていく鍾馗さんの列が見えるような気がしてね。やっぱり世界じゅうがシーンとしてくるような、胸が痛くなるような、不思議な光景でした。

濃いヒゲを生やしギョロリと大きな目玉をむいた鍾馗は、疫病神を追い払い、魔を除くとされている神。お店の人に不審がられ追い払われても、店の前を通るたび眺めずにはいられなかったという。

それから長い年月を経たのち、まどさんは「遠近法の詩」というエッセイに、こうつづっている。〈今のはやりの言葉でいえば、その時の六十数年前の幼年の私は「痺れていた」わけですが、私をしてそのように痺れさせていたものを私は「詩」(「美」)であったと思っています。…中略…私たちの視覚はこの地球上で、「遠いものは小さく見える」という宇宙の法則に支配されていますが、私はこれらの視覚的な詩を、極端な言い方かも知れませんが「遠近法の詩」と言えるのではないかと考えます〉

たとえば、夕焼けの地平線に向かって電信柱が遠近法で並んでいたりするのを見て、涙がこぼれそうになるのは私だけじゃないですよね。子どもも大人も、誰だって心が震えずにおれません。それは、なぜなのか……。

われわれの祖先がまだ人間になる前の生きものだったころ、猛獣に襲われたとき、牙をむき出した敵が近づいてくるにつれ、逆遠近法でだんだん大きくなるのをどういう気持ちで見つめたでしょう。あるいはまた、自分が捕られて愛する者が逃げていくとき、その後ろ姿が遠ざかるほどに小さくなっていくのを……。そういう経験をずーっと繰り返しているうちに、遠近法という感覚が養われてきたんだと思うんです。無学な私なりの、勝手な解釈ですけどね。

私たちは赤や黄色を見るとあったかいような感じがし、青系統の色を見れば涼しいように、冷たいように感じます。また丸いものは柔らかく、とがったものは痛いような感じがする。それらもやはり、自分自身が経験したことだけから生まれた感覚ではない。人類が進化の道程で体験したさまざまなことをもとにして、今生きておる人間の感受性や美意識が組み立てられているんじゃなかろうか。遥かな祖先が長い時間をかけて磨き、育てあげてくれたそのアンテナは、本当に素晴らしいものだと思います。

台湾で両親や兄妹と暮らせるようになってからも、傍目には決して幸せと

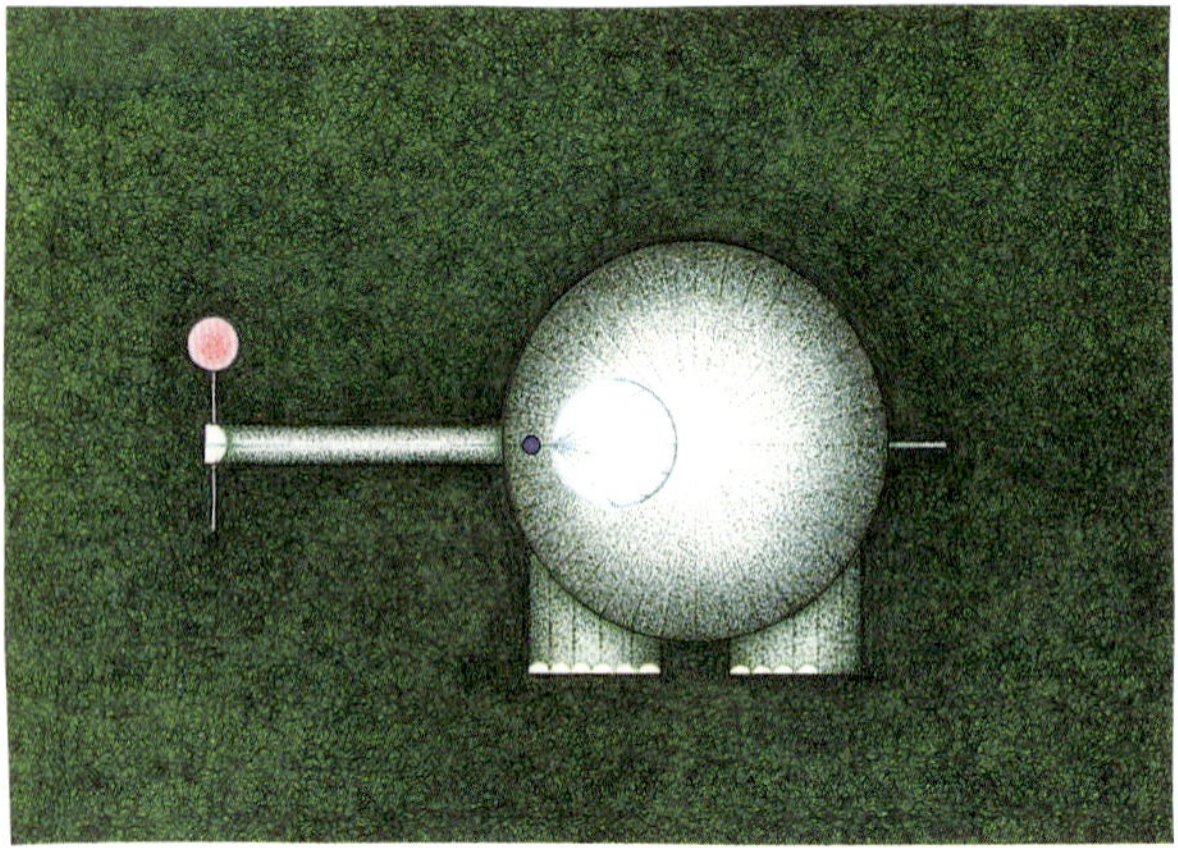

ぞう

無題

 宇宙の永遠の中、みんな「今ここ」を生きている

は言い難い日々を、まどさんは送っている。病気がちな母、厳しすぎるほど厳しい父、苦しい家計、家族と長く離れていたためにできてしまった心の垣根……。自身も体が弱く、腎臓炎で一か月入院したこともあった。

しかし、そんな中でもまどさんの感性のアンテナは、心震わせ慰めてくれる「美＝詩」を、一日に幾度となく見つけていたらしい。

尋常高等小学校を出てから二浪して入ったのは、台北にあった五年制の工業学校。私は土木科でしたので測量の実習もあって、そこで初めて望遠鏡を使ったんです。みんな若いもんだから、女学生が通ると一生懸命観測しちゃったり（笑）。そんな中でひとり、青い空にうっすらと白く残る月にレンズを向けたら、クレーターのデコボコなんかが昼でもけっこう見えるんですよ。あれはもう、ほんと不思議で感動しましたねぇ。

汽車通学の仲間と謄写版刷りの同人誌を始めたのは、一九二八年、五年生のときだった。三号で廃刊してしまうが、心の震えを詩にしては、自ら力

ットを描き、ガリ版切りから印刷まで引き受けていたという。

私は勉強が嫌いで、唱歌と図画以外は全部ダメだったんですが、工業学校に入って書いたつづり方、今でいう作文を、たまたま学校の雑誌に載せてもらえてね。それが励みになったんでしょう。詩なら短くていいと思って書き始めたんです。詩とはとても呼べない、マネごとみたいなものですけど。

私っちゅう人間は結局、何かを見てハッと心が震えても、それを突きつめていかないと、その美しさや素晴らしさに本当には気がつかないんだと思います。自分なりに考えて追求していってひとつの詩を書くことで、初めて心からそれを感じることができる……。

石ころも蚊も星も人も、あらゆるものが宇宙の仲間

二〇〇〇編を超える作品の中から、どの詩を取り上げようか……あれもこれも紹介したくてウンウンうなっていた打ち合わせ中、

さーくる

吹雪の夜

この詩はね、毛利さんが宇宙で朗読してくださったんです。

まどさん、「頭と足」という一編（106頁）を指し示した。日本人として初めてスペースシャトルで宇宙に行った毛利衛さんは、二〇〇〇年、エンデバー号での二度目のミッションに、まどさん自身がこの詩を浄書した紙片を持参。故・小渕総理との交信で宇宙について語りながら、「頭と足」を読み上げた。〈生きものが　立っているとき／その頭は　きっと／宇宙のはてを　ゆびさしています〉〈けれども　そのときにも／足だけは／みんな　地球の　おなじ中心を／ゆびさしています〉

宇宙には銀河系のようなものが無数にあって、宇宙自体も徐々に膨らんでいると言われてます。ってことは、やはり宇宙は無限なんでしょう。この詩では、私たちはみんな無限の宇宙に生きる宇宙的存在だということを言いたかったんだと思います。と同時に、地球のうえではすべての存在が、地球の中心と結ぶヘソの緒のような引力によって安定させられ、守られているっち

ゅうことも。

引力については「地球の用事」という詩にも書いとります。いつだったか冬にコタツに入っていて、仁丹をパーッと放りあげて口で受けようとしたらこぼれちゃいましてね。畳に落ちた粒は低いほうへ低いほうへと転がっていって、一番低い畳の隅の焦げ穴にたどりついたとき、やっと安心したような顔に見えた。こんなものさえ引力の支配を受けているんだなぁとハッとして、仁丹をビーズに代えて詩にしたんです。〈ああ　こんなに　小さな／ちびちゃんを／ここまで　走らせた／地球の　用事は／なんだったのだろう〉と。

新百合ヶ丘の喫茶店「豆助屋」は、いつも大にぎわい。まどさんの静かな話し声は、ともすれば周囲の声高なおしゃべりにかき消されそうになる。けれど、椅子から身を乗り出して耳を傾けているうち、次第に喧噪のほうが遠のいていく。遠慮がちに差し出される言葉の輝きに惹きつけられて。

今現在、私たちがおるところは豆助ですよね。その豆助は川崎にあって、

はる

壁面

91　宇宙の永遠の中、みんな「今ここ」を生きている川崎は日本にあって、日本は地球にあって、地球は宇宙にある……っちゅうことは、大げさなようで恥ずかしいけれど、われわれは宇宙人だとも言えると思うんです。「てつぼう」っちゅう詩にも書きましたが、日本人というより地球人、地球人というより宇宙人というほうが真実ではないか、と。

くるりんと
あしかけあがり　をした
一しゅんにだ
うちゅうが
ぼくに　ほおずりしたのは
まっさおの
その　ほっぺたで…
おお
ここそ　うちゅう!
ぼくらこそ　うちゅうじん!

ヤッホー……

アメリカ人だのイラク人だの、イスラエルだのパレスチナだのといがみあっているけれど、みんな宇宙をふるさととして生まれ、生かされてここにおるんですよね。人間以外の生きものも、すべてがそう、「生きている」のではなく「生かされている」んだと思います。

だって私たちは、こういう人間に生まれてこういうところに住んでやろうと思ってそうしてるわけじゃないでしょう？　気がついたら人間として、日本のここに住んでいた。ミミズもミミズになろうと思ってなったのではなく、知らん間《ま》にミミズとして生きている。動物も虫も鳥も魚も植物も、どんな存在も気がついたときにはその存在であらされとるんですね。

ということは、やっぱり生かされてるっちゅうことじゃないでしょうか。私は無宗教なんですが、人智を越えたある大きな力、宇宙の意志のようなものを感じずにはおれません。

すべての存在を、そこにそういう状態であらしめている力……それは自然

みなもと

くじゃく

95　宇宙の永遠の中、みんな「今ここ」を生きている

の法則と言ってもいいかもしれませんが。

徳山の田んぼでスズメノテッポウの笛を吹き、「お～きな天から見守られている」と感じた幼い日から、まどさんの心は宇宙に向かって開かれ、大いなる力の存在を感じ取っていたのかもしれない。

その自然の法則というものは、ものすごく大きく、愛に満ちているように思えます。本当は生かされている私たち人間に、「自分は自分で生きている」と思わせてくださってるくらいに……。

「つきの　ひかり」という詩（108頁）では、そんな自然のやさしさも表したいと考えました。月の光りには、なんとも言えん、やさしい感じがあるでしょう？　月っちゅうのは、宇宙の広がりを考えたら手を伸ばせばさわれそうに思えるほどそばにあるわけだけれど、やっぱり遠い感じがする。そして月の光りの中にたたずんでいると、私を照らしてるのは月の光りに決まってるのに、「宇宙の一番遠いところから私をさわる見えない大きな手」と言いたくなるんです。

日暮れの空に一番星を探して、やっと見つけたときなんかもね。遙かな星がまたたくと、広大無辺の宇宙がそのまばたきによって私を見つめてくれているような気がするんですよ。自分も、宇宙を満たしている空間の一微粒子のように感じられて、宇宙との一体感に胸が震えます。

たとえば、水っちゅうのは水素原子二個と酸素原子一個が組み合わさった水の分子が集まったものですよね。空気は酸素や窒素や二酸化炭素やらが結びついてできている。人間だって、いろんな粒子の集まりです。

それとおんなじように、いのちあるもの、ないもの、ありとあらゆる存在が網の目のように絡み合い相互に関係し合って、宇宙というものがつくられているように私には思えます。

宇宙から見れば、人間もゾウもドクダミもアリも石ころも微少な粒子にすぎません。ただ、その小さなひと粒ひと粒はみんな同じ価値をもつ存在として、この宇宙に生かされている。アリ以外のなにものもアリにはなれず、石ころ以外のなにものも石ころにはなれないわけですから。

そんな思いを「一つぶよ」と題した詩（110頁）に込めたという。まどさんが話を中断すると、また喧噪が戻ってきた。ザワザワ、ガヤガヤ、ペチャクチャ、カチャカチャ……うるさいなぁといらだちかけた心が、隣席のまどさんを見てスウッと静まる。あまりに穏やかな面持ちで、コップの水をおいしそうに飲み干しているものだから。

「とおい　ところ」っちゅう詩（112頁）があるでしょ。夕空を見上げたら、ひさしのクモの巣に蚊がかかっていて、それが星と同じ大きさに見え、〈あ／ほしが／カと　まぎれるほどの／こんなに　とおい　ところで／わたしたちは　いきている／カや／クモや／その　ほかの／かぞえきれないほどの／いきものたちと　いっしょに〉と思う……。あれは、ほんとに実感でね。あんまり感動したもんだから、また言わずにおれなくなったんです。

遠いところっていう語感が私はすごく好きで、この言葉をよく使うんですよ。われわれを生かしてくださっている、どうすることもできない絶対的なものから、自分たちはものすごく離れたところにおるっちゅう感じがあるんだなぁ。それは、なんだかのけ者にされとるようで寂しい気がする反面、幸せでもあるんです。もし私が、世界の真ん中の明るいところにいて、まわりのみんなから見られとったら、もういたたまれんでしょう。そうでないことがむしろ安心で、なんだか幸せというか……。それに遠いところにあるからこそ、憧れ、求め続けることができるんだとも思います。

時間は母なる宇宙。見えない手で私たちを抱いている

あれっ？　こういうレモンは初めてだな。いつもは輪切りなのに。

オーダーした紅茶に添えられてきた櫛形のレモンを、まどさん、しげしげと観察し始める。

ここんところにちょっと切れ目を入れて、搾りやすくしとる。こんなのもあるんだ、知らんかった。……ああ、レモンのいい香り。

と、うれしそうにニコニコ。この人は、ほんのちょっとしたことにも幸せを見つけてしまう。そんな面白がり屋、不思議がり屋のまどさんが、近年、特に興味を抱き、さまざまな角度から書き続けているものがある。それは、時間だ。

われわれは時間と空間の中に存在しているわけだけれど、目に見えるのは空間だけで、時間は目に見えない。いや、正確に言えば「今」という一瞬一瞬は見えているわけですが、無限に続く「今」のトータルである時間っちゅうものを、流れの中で自覚的に見ることはできませんよね。だからこそ、時間は私たちを悲しがらせたり、うれしがらせたり、懐かしい気持ちにさせたり……と、深く心を揺さぶるんだと思います。

「目に見えない時間に触れ得たと思える唯一の瞬間」＝「今」について書いたのが、114頁の「なんじなんぷん！」。そうかと思えば、「ふと立ち止まる」などと使う「ふと」をキーワードに、時間の流れに棹《さお》さす一瞬を詩

にしてみたり（116頁）。さまざまないのちが生まれては死に、また生まれては死んで循環していくさまを「せんねん　まんねん」という一編に凝縮させたり……。

この間もね、掃除をしとったら雨戸の戸袋の中にたまった綿ボコリが出てきたんですよ。目に見えないホコリの粒が目に見えるかたまりになるまでには、どれだけの年月がかかったんだろうと考えたら、思わず「綿ボコリさん、ごくろうさん！」と言いたくなりました。まど・みちおっちゅう者が住んでおる家まで、一種の貫禄みたいなものをつけてもらったようが気がして、うれしくもなった。

そんなふうに時間というのは、一瞬一瞬の蓄積によってありとあらゆる仕事をやってのけておるんですよ。私っちゅう人間が、かわいい赤ちゃんからこんなボケじいさんになるのにだって、九六年の積み重ねがある（笑）。

人間は、時間の流れの中でしか生きられません。今、この瞬間も時間の手に抱かれているんですよね。なのに、気がついたらこんなに時がたっていたという形でしか、抱かれているっちゅうことを実感できない。

その感慨をつづった「私《わたし》たちは」という作品も心にしみる。

私《わたし》たちはどこでどうしていようと
「そこ」とか「ここ」とかの
見える「場所《ばしょ》」で
見えない「今」の一瞬《いっしゅん》一瞬を
かぎりもなくつづけているのだが
つづけながらにふっと気がつく
つづけているのは私たちではなくて
見えない「時間」の方がひっそりと
つづいているんだなあと
そしてそう気がつくと夜が明けるように
わかってくるのだこの老人《ろうじん》にも

「時間」こそは母なる宇宙《うちゅう》ご自身《じしん》なのだと
私たちこの世《よ》の存在物《そんざいぶつ》の残《のこ》らずを
その胸《むね》に抱《だ》きつづけていてくださる…
しかも有難《ありがた》いことにそのやさしさの外へ
こぼれ出ることだけは
たとえ一瞬でもチリ一つでも
こんりんざいできっこないんだと…

時間こそ母なる宇宙というふうに考えれば、時の経過や老いといったものへの不安も少し薄らいで、なんとなくホッとするような落ち着けるような感じがしませんか？　本当に時間っちゅうのは不思議です。いつまでたっても興味は尽きないし、書きたくなる存在であることは確かでしょうね。
　現在は固定されて動かない無生物になっているつまようじも、過去には木という生物でした。どこに育った木のどんな部分だったんだろうと、こちらが遠い目をして見つめると、つまようじ自身はもっとずっと遠い目で見返し

てくるような気がします。すべての存在が微粒子となって還っていく遙かな宇宙で、ゆうゆうのうのうと星の時間を過ごしているようにさえ思える。そうして、未来の中からまたいのちが生まれ、同じ営みが永遠に繰り返されていくんでしょう。

そんなことを思うにつけ、感動せずにおれないのは、限りあるいのちである私たちの出会いです。無限の空間と永遠の時間の中で、極微のひと粒が別のひと粒と同じ場所、同じ時にい合わせるなんて、本当に奇跡のようなものでしょう？　あなたと私がこうして出会えたのはもちろん、一匹のアリ、一本の菜の花との出会いにも「ありがとう」と言いたくなる。

毎日毎日、限りない出会いがあります。そのすべてを大切にできたらと願わずにはおれません。不可能が可能になったのが出会いなんだから、われわれ人間がついしちゃってるように相手の存在を侵すんじゃなく、笑顔をかわせたら、と。

頭と足

生きものが　立っているとき
その頭は　きっと
宇宙のはてを　ゆびさしています
なんおくまんの　生きものが
なんおくまんの　所に
立っていたと　しても…

針山に　さされた
まち針たちの　つまみのように
めいめいに　はなればなれに
宇宙のはての　ぼうぼうを…

けれども　そのときにも
足だけは
みんな　地球の　おなじ中心を
ゆびさしています
おかあさあん…
と　声かぎり　よんで

まるで
とりかえしの　つかない所へ
とんで行こうとする　頭を
ひきとめて　もらいたいかのように

つきの　ひかり

つきの　ひかりの　なかで
つきの　ひかりに　さわれています
おふろあがりの
あたしの　きれいな手が

うちゅうの
こんなに　ちかい　ここで
さわるようにして

うちゅうの
あんなに　とおい　あそこに　さわる
みえない　しらない　おおきな手に
あわせるようにして

つきの　ひかりの　なかで
つきの　ひかりに　さわれています
つきの　ひかりに　さわられながら

一つぶよ

ぼくらの　まえへと　つづき
そして　うしろへと　つづく
えいえんの　じかん

ぼくらの　そとがわへと　ひろがり
そして　うちがわへと　ちぢまる
むげんの　うちゅう

きりがない　はてがない　さいげんがない
どこまでも　どこまでも　どこまでも
の　なかの　ぼくらよ　一つぶよ

と　おもうことだけは　でき
それだけしか　できないのだとしても
その　それだけよ　一つぶよ

とおい　ところ

ゆうがたの
ひさしの　そらを　みあげると
くものすに
カと　ならんで
ほしが　かかっている

ああ
ほしが
カと　まぎれるほどの
こんなに　とおい　ところで
わたしたちは　いきている

カや
クモや
その　ほかの
かぞえきれないほどの
いきものたちと　いっしょに

なんじなんぷん！

ボクらはよぶ　なにかというと
「いま」の「な」を　なんじなんぷんと
よんでるまにもじこくはすすむ
むろんうちゅうがすすめているのだが
そのうちゅうのさんぶつの一つぶ
でしかないボクらには　それいじょうの
りくつがわかるわけもない
なのによぶ　よんで「いま」のかおを
たしかめなくては　きがすまない

よぶくちのしたから　いまはあたらしく
きえかわるから　ほんとはぜんぶの
なんじなんぷんを　はなたばにして
だきかかえていたいのに　せめて
よぶだけでもと　このよのすべての
にんげんたちがよぶ　よびつづける
ひっしでかんがえついたチャチなよびなで
えいえんに一どきりの「いま」の「な」を
なんじなんぷん！　と

ふと

ふと　おわった

いっしんふらんに　注ぎつづけていた
ぼくの　おしっこは

見つめていた　ぼくの
「見つめていたこと」も　また

そして　見つめながら　考えていた
「考えていたこと」も　また

その「ふと」が　なぜか
ふと　めずらしい

はじめて　目にすることができた
時間の「まばたき」のようで

第五章

言葉で遊ぶと心が自由になる

言葉だって遊びたがっている

まどさんの本名は、石田道雄という。台湾総督府の道路港湾課で働いていた二四歳のとき、絵本雑誌『コドモノクニ』で北原白秋が選者となって童謡を募集しているのを知り、「まど・みちお」というペンネームで投稿。二作が特選となり、まずは童謡の書き手として少しずつ、その名を知られるようになっていく。

よく覚えておらんのですが、窓っちゅうものが好きだったから、そんな名前をつけたんだと思います。しかし、喫茶店やら新聞のコラムやら同じ名がたぁくさんあるので、すぐいやになりましてね。変えようかと思ったら、白秋先生が「いい名前だ」とおっしゃったというんで、それで通したんです。えっ、名字の下のポチですか？　あれがなかったら、「ま・どみちお」だの「まどみ・ちお」だと思う人がいるかもわからんでしょう（笑）。

いつも腰が低くて丁寧で、まるで「まじめ」が地味な色合いの開襟シャツとズボンに身を包み、姿勢を正して話しているようなまどさんだが、ときどき、たくまざるウィットとユーモアがひょっこり顔をのぞかせる。作品となると、もっと頻繁にひょこひょこひょこっ。〈ファッション…はっくしょん／ア　ラ　モード…あら　どうも／ミニ　スカート…目に　すかっと〉という具合に言葉遊びが続く「がいらいごじてん」（132頁）など、読みながら思わず顔がほころび、心弾んでくる詩も多い。

私自身はみみっちいまじめ人間ですから、ユーモアのセンスがあるなんて、とてもとても……。ただ、気分としては滑稽なことが好きでね。面白がりたい、おかしがりたいという気持ちが人並み以上に強いんですよ。ことに言葉遊びは大好きで、子どものころから喜んでやってました。やればきりがないもんだから、どこに誰とおるかに関わらず、つい考えちゃう。「時計だ、おぼえとけい」とか「ゴキブリの　うごきぶりが」とか（笑）。

私には、言葉自身も遊びたがっているように思えてならんのです。単に意味を伝えたり、「1＋1＝2」といった実用的なものではない使い方を「してください、してください」って言ってるみたいに、ね。そして、遊びたがってる方向に沿ってやれば、言葉は自然にいきいきのびのびと遊び始めるはずなんですよ。

たとえば、グチという言葉がありますね。自分がやりたいようにやれんことばかりの私は、しょっちゅうグチっておるんですが、「グチを言う」とはあまり言わんで「グチをこぼす」などと言う。大ぐちは「たたく」、嘘や悪態は「つく」、ホラは「ふく」……。そういう言葉によって異なるニュアンスを生かして、その言葉が誘い出してくれるままに遊ぶことができれば傑作が生まれるんだろうけれど、私の場合は石頭を絞ってこしらえるもんだから、こじつけの語呂合わせかダジャレに終わってしまうことが多い。アホらしくはなっても、なかなかおかしくはならんのです。

それでも、響きが似ている言葉や反対の意味の言葉だけでなく、雰囲気が同種のものを探したり、言葉のハーモニーみたいなことも考えてバラエティが出るよういろんなことを試しているうちに、いままで人がやらなかったような新しい遊び方を発見することもある。そういうときは、このモーロクじじいの石頭がすこ～し柔らかくなったような気がして、ほんとうれしいです。

〈「けむり」と「ねむり」は／たにんのようで　みうちのようで／「けむり」は　かるい／「ねむり」は　おもい…中略…「けむり」は　かぜに　のって／そらへと　のぼり／「ねむり」は　ゆめに　のって／ふかみへと　おちていく〉――そんな「『けむり』と『ねむり』」は六〇代の作品。

〈トイレの　スイセン／ベランダの　ラベンダー／うんそうやの　ハコベ…中略…しょくぎょうしょうかいじょの　クチナシ〉のように、場所と花の名前を関連づけた「どこの　どなた」は七〇代で発表したもの。

〈木は　ひっそりと　ひとり／林は　しんみつに　ふたり／森は　なごやかに　さんにん／森林は　がやがやと　おおぜい／のようで　しーん〉という「木の字たち」は、九〇代に入ってつくった詩。

そして、〈クスリの　リスクを／カルタが　かたる〉と始まる134頁の「ルスでした」は、本書が初お目見えの最新作の一つ。自分を「モーロクじじい」呼ばわりするまどさんだけれど、その心の真ん中では、好奇心と遊び心ではちきれそうな少年が元気に飛び跳ねている。

言葉っちゅうのは、面白いですよ。土地によって方言も違えば、時代とともに変わってもいく。生活が複雑になればなるほど微妙な感じを表現する言葉が現れ、その中で定着するものと、忘れられ消えていくものとがある……。

どこの国の人も言葉遊びを楽しんでると思いますし、声を発する動物たち、ことにオランウータンやチンパンジーなどの類人猿は、それに近いことをしているかもわかりませんよ。人間みたいに巧みに言葉を操ることはできなくても、逃げるとか襲うといった必要に迫られたときだけじゃなく、遊びとして声を出したりするようなことはあり得《う》るんじゃないかなぁ。

言葉には、音声と意味と両方がありますね。今は意味を伝えることのほうが重視されているけれど、私は音の響きも大切だと考えておるんです。人間が意味に頼る言葉をつくり出す遙か昔から、われわれの祖先は響きっちゅうものとつきあってきました。そのためか、私たちの耳は意味よりも響きのほうに敏感に反応するような気がします。

たとえば恋愛で相手に気持ちを伝えるときなんかでも、一生懸命理屈ばかり言ったってダメで、耳に心地よく響く言葉をささやいたり、沈黙で表現したりするでしょう？　ジュースの自動販売機に「冷たい」ではなく「冷た〜い」と書かれているのも、響きの力を借りて売ろうとしているんですね。

詩というのは、頭に伝えるのではなく、心に響かせるもの。だから、耳に訴えかけてくる響きの美しさやリズム、ニュアンスやユーモア、音色のような部分を大事にしなければと思っています。

人間は、みんなも食いしんぼうなのを忘れてる

言葉遊びの詩以外にも、視点のユニークさにクスリと笑わされ、なんともあったかぁい読後感に包まれる作品は少なくない。136頁の〈ケムシ　さんぱつは　きらい〉をはじめとする詩は、ユーモラスな短詩二八編からなる「けしつぶうた」の一部だ。

あの短詩のうち十数編は、戦争から帰ってから戦後の落ち着かない明け暮れの中で書いたんです。発表するあてはありませんでしたが、何も書かないでいるよりは……と思ってね。

まどさんは一九四三年に召集され、船舶工兵としてマニラや南太平洋の島々を転々としている。シンガポールで終戦を迎えるが捕虜収容所に入れられ、帰国がかなったのは四六年。台湾時代に書きためた詩稿も、戦地でつづった日記や植物記も失って心打ちひしがれ、胃潰瘍や吐き気に悩まされる日々が続いたという。そんな中、やっと見つけた食品工場の守衛として働きながら、かくも楽しい、読む者の頬ゆるませる詩を書いていたとは。

まともな人なら悲しんだり苦しんだりするんでしょうけど、私の場合、とりあえず楽しみたいっちゅう気持ちが強いですからね。生まれついてのノーテンキというか、絶望感がもてないほど弱い人間だから、無意識のうちに自然と前向きになっていたのかもわかりません。

軍隊で訓練中、気合いを入れるっちゅうて上官にビンタを見舞われたときもね。そのあとの休憩時間に、となりに座った近藤和一という戦友を見たら、殴られて頭がボンヤリしていたせいか、帽子に刺繍してあるカタカナの名前を反対から読んでしまったんです。「チイズカウドンコ」、チーズかうどん粉、と（笑）。おまけに、彼が兵隊にとられる前はコックだったことを思い出したものだから、おかしくて、ひとりで笑ってました。

代表作のひとつとなる「やぎさん　ゆうびん」（131頁）に曲がつけられ、歌われるようになったのは、子ども向けの雑誌や本の編集者となって間もない一九五一年のことだった。

あの詩もね、どう読んでくださってもいいんです。詩が生まれてくる原因は、ひとつじゃない。無数の原因があって生まれるわけですから。

ただ、「食いしんぼうの歌」と思ってくださると、うれしい気はします。生きものにとって、食べることは本質。すべての生物が、あの白ヤギと黒ヤギのように無限に食いしんぼうだと思うんです。なのに私たち人間は、自分が食いしんぼうなのは心得ていても、となりの人やほかの生きものもそうだっちゅうことは忘れてしまう。それをちゃんと覚えておったら、この世の中はずいぶんよくなると思うんだけれど……。

世の中にこれだけ貧富の差があるのも、人のことはあんまり気にならんという人間の悲しい習性のせいなんでしょうね。貧しい人から逃げ出したりバカにしたり利用したりすることはあっても、気づかって助けようっちゅう気持ちにはなかなかなれない。近年は、それがますます激しくなってきてる気がします。宗教ですら排他的になってますでしょ。そして、そういう姿を大人が子どもに見せているから、小さい子には区別や差別の意識なんてなかったはずなのに、子どもも大人並みに差別するようになっちゃってる。大人たちみたいに、仲間うちでさえ位《くらい》をつけたがる……。

いつも穏やかなまどさんが、ちょっぴり声を荒げた。が、次の瞬間、恥ずかしげに目を伏せ、また顔を上げると、静かな口調に戻って話し続ける。

私自身、いろんな悪いこと、恥ずかしいことをたぁくさんしとりますから、大きなことは言えないんですよ。言えないにも関わらず、言葉遊びなんかやっとってもね、ただ滑稽で面白いだけじゃないもんにしたいと思ってしまうんです。貧富の差はよくないとか、すべてのいのちは平等であるとか、そういう、口にするのは気恥ずかしいけれど自分の内にある信念みたいなものを、詩の中に生かさなくちゃいけない、と。

知人たちから「含羞《がんしゅう》（恥じらい）の人」と呼ばれてきた詩人は、その内なる信念を声高に訴えたりはしない。〈とうとう／やじるしに　なって／きいている／うみは／あちらですかと…〉という「するめ」のように、ユーモアとペーソスに包んで読む者にそっと手渡すのだ。

わずか二八文字からなるその詩は、人間につかまって加工されるまでキラキラ輝きながら海の中を泳いでいただろうイカの姿を、鮮やかに思い起こさせる。と同時に、私たちが生物界一の食いしんぼうであることにハッと気づかせもする。

この地球は人間さまだけのためにあるのではなく、すべての生きもののためにに、このようにあってくれるんですよね。人間はその一員にすぎないのに、ほかの動植物の生活圏を削り取ったり破滅させたりしとる。食べるためだけならまだいいけれど、目先の便利さや安楽さを求めるために。

人間っちゅうのは、もう無限に便利であってラクであって自分が気持ちいいようになってほしいと考えるけれど、このままだったら自分たち自身を、そして地球のすべてを滅ぼしてしまうかもしれません。だから、自分が目先のことしか見えないちっぽけな存在であることを肝に銘じておかなければ、と思います。それを私自身の身によくよく思い知らせるためにも、偉そうなことを言える立場じゃないと自分を戒《いまし》めつつ、おかしさの中から大切なことがにじみ出てくるような作品を書けたらと願っております。

やぎさん　ゆうびん

しろやぎさんから　おてがみ　ついた
くろやぎさんたら　よまずに　たべた
しかたがないので　おてがみ　かいた
―さっきの　おてがみ
ごようじ　なあに

くろやぎさんから　おてがみ　ついた
しろやぎさんたら　よまずに　たべた
しかたがないので　おてがみ　かいた
―さっきの　おてがみ
ごようじ　なあに

がいらいごじてん

ファッション……………はっくしょん
ア　ラ　モード…………あら　どうも
ミニ　スカート…………目に　すかっと
パンタロン………………ぱあだろう
ネグリジェ………………ねぐるしいぜ
ダイヤモンド……………だれのもんだ
ペンダント………………へんなんだ
マニキュア………………まぬけや
メニュー…………………目に　いう

アラ　カルト……………あら　買って
コロッケ………………まっくろっけ
ホット　ドッグ…………おっとどっこい
ピックルス………………びっくり酢
バウム　クーヘン………どうも　くえへん
マロン　グラッセ………まるう　おまっせ
クロッカス………………ぼろっかす
トイレ……………………はいれ
トランポリン……………しらんぷり
ボクシング………………ぼく　しんど
トラクター………………とられたあ

ルスでした

クスリの　リスクを
カルタが　かたる

・こけつに　いらずんば
こじを　えず
・こうかい
さきに　たたず

かたる　かたる
カルタが　かたる
カタルシス　シス

シスでした　デンポーは
とびかいました
はなわ　はなたば　つぎつぎに
いきてるひとから　いきてるひとへ

カルタがおすき　だったのに
クスリの　おかげで
ルスでした　ついさっきまで
いきてたひとは

けしつぶうた

ケムシ
さんぱつは　きらい

ミミズ
シャツは　ちきゅうです
ようふくは　うちゅうです
―どちらも
一まいきりですが

ノミ
あらわれる
ゆくえふめいに　なるために

ワニ
かんがえている
かんたんに
うしろを　むく　ほうほうを

大判の大学ノートがまどさんの日記帳。メモ帳や紙片に書きとめておいたことをあとで書き写すことも多いそう

第十八章

体って不思議。老いだって面白い

人間の体は、大自然がつくった小さな自然

もし、「キミはミソとクソとどっちに似てるか」と聞かれたら、どうお答えになりますか?

--- まどさんの口から、突然、思いがけない質問が飛び出した。

すんません。私は根が下品なんで、年じゅうそういうことを考えとるんです。私ですか? 私でしたら、「むろんクソのほうだ」って言下《げんか》に答えるだろうと思います。「クソを食べることはしないけど、ミソよりクソのほうが好きなんです」とね(笑)。

世の中には「味噌も糞も一緒」っちゅう言葉があって、ミソのような大事な食べ物を、クソみたいな汚い、つまらんもんと同じに扱うなというふうに使うのが常識だけれど、その逆なんじゃないかなぁ。ミソも、コウジ菌という天然自然の力を借りて人間がつくってはいます。それは確かですが、クソ

っちゅうのは、大自然がつくり生かしてくださっとる人間の体っていうところを通って生み出されるもの。そのうえ肥料にもなる。ミソとは格段の違いがあると私は解釈するわけです。確かにミソはおいしいけれど、クソのほうは、まあ身うちのようなものなんです。

あのね、人間っちゅうのもひとつの自然だと思うんですよ。大自然がつくってくれた小自然。人間に限らず生きものの脳は、なんとも絶妙な働きをしてますし、体だってじつにうまい具合にできている。私はお風呂が好きで、ぬるま湯に長く入るんですが、自分の体を見ていると、なんとも複雑で面白くて、詩に書きたいなぁと思うことがしょっちゅうあります。

たとえば、脚を伸ばし仰向けに寝るような形でお湯につかってますでしょ。しょぼしょぼの老眼には、足の指とかおヘソとかチンチンとかいろんなものが、お湯を透かして微か〜にそれだとわかる状態で見えるんです。湯の表面には、上からさしている電灯の光と、湯船のまわりに置いてある物や景色が映っている。ちょっとでも動けば、映り込んだ景色と光りがゆらゆらキラキラして、その下のほうで私の体もゆうらりゆらゆら……。それはほんとにきれいでね、これを写真に撮っとくか、抽象画に生かしたらいいだろうなと、いつも思います。

だから、まどさん、体に関する詩もたくさんたくさん書いている。手の指、足の指、爪、おヘソ、お尻、脚、耳、目、口、鼻、イボ……抜けた歯や、「目のほらあな」（眼窩《がんか》）に至るまで！

私は無学で難しいことがわかりませんので、身近なことに関心をもつんだと思います。自分の体ほど身近な素材はないですから。どこへも取材に行かんでいいし、いつでも調べられる。もっとも私の場合は、体のことを科学的に調べている専門家やお医者さんだったら問題にもしないようなことを取り上げて、ああとかこうとかいじくってるだけですが。鼻が顔の真ん中にあって、目や口のように平面ではなく出っ張ってるのはなぜか、とかね。

そう言って本人は恥じ入るのだけれど、まどさんの手になる体の詩はしみ

じみと味わい深い。たとえば、鼻とおヘソとおチンチンを貫く線について謳った「ちゅうしんせん」という詩。

人間の体が見事なシンメトリーになっていることに、私は自分の老体を見るたび驚かされます。その真ん中を貫いている中心線は人間だけに限らず、体つきが左右対称になっている生きものはみんな、動物も虫も植物も共通にもっている。だから、〈このちきゅうに／いかしていただいているショウコ／いのちのシルシ　としかいいようない／うつくしいテープリボン〉と詩に書いたんですよ。そしてまた、宇宙的存在でもある私たちのテープリボンは、遥かな宇宙の中心を目指してるっちゅうふうにね。

ウンチの立派さについて熱弁をふるうだけあって、まどさんの目は体の産物であるもろもろも見逃さない。耳アカ、ヨダレ、オシッコ……。では、ここでクイズを一つ。次の詩で「おまえ」と呼ばれているものはなんでしょう？

〈ぼくがげらげら笑っているとき／ぼくがぐうすか眠っているとき／いいや　ぼくが何をしていても／していなくても／世界がひっくりかえっても／そんなことには　おかまいなく／おまえは肥りつづけていたんだ／ぼくの顔のまん中の／鼻のおくに　じんどって／ひとり　にこにこ　まるまると〉

答えは、そう、鼻クソ。「はなくそ　ぼうや」と題されたこの愛らしい詩は、つまみ出された鼻クソが人指し指のてっぺんで〈──いったい　ここはどこですか？／そんで　ぼくはだれですか？〉と悩んでいるところで終わる。

昔見たゴーギャンの画集の中に、「われわれはどこから来たのか　われわれは何者か　われわれはどこへ行くのか」という題名の絵がありました。私自身も、よくそう思うんです。それは永久に考えずにいられないことだから、鼻クソだって、もし考えることができたら考えるかもわからん。

そんなことばっかり、ムキになって書いとるんですよ。アクビとオナラと比べてどっちが偉いかとか、脚とお尻の関係とか、そういうみみっちい遊びはたいがいやっている。ことにオナラについては、年じゅう書いてますよ。私の詩集をずっと出してくださっている出版社の編集者が、「またオナラ！」とあきれて、悲しげなお顔をなさるくらいに（笑）。

ちなみに、156頁の「おならは　えらい」は一九八五年刊行の詩集に収録された作品。出てきたとき〈こんにちは　でもあり／さようなら　でもある〉あいさつを〈せかいじゅうの／どこの　だれにでも〉わかる言葉でする。だから、おならは〈まったく　えらい〉——そんなこと考えてみたこともなかったけれど、言われてみれば確かにそうだ。

私みたいにヨボヨボになってきますとね。いよいよあちら行きの朝ともなれば、体に水気がなくなってカラカラのコチコチの岩山みたいになっとると思うんです。そして、その岩山をつくっている、たぁくさんの小さい岩の間をくぐり抜けるような感じで、オシッコが出てくるだろうと。それは銀色にきらめく清水のようで、汚いことばかりやってきた人間の体から流れ出たとは思えないほどきれいだ……っちゅうような詩も書いております。

みんなが眉をしかめる体の産物たちもまた、生きている証《あかし》。偉い、すごい、ありがたいものなのだということが、それらの詩を通してジンワリじわじわと伝わってくる。

ボケが引き起こすトンチンカンも、天の恵み

喫茶店での取材を終え、ご自宅までお送りした六月のある日のこと。

うちの中は、一歩入ったら真っ直ぐ歩けないほどゴチャゴチャなので、お上がりいただけないんです。どうかご勘弁願います。

その代わりにと、まどさん、門を開けて庭へと誘ってくださった。家の周囲をぐるりと取り巻く庭は狭いけれど、草花と実のなる小木が自然な感じ

にのびのびと植えられていて、なんだかホッと心がなごむ。ラベンダーにランタナ、キンカン、クワ、ヤマスモモ……青紫の実をつけたブルーベリーの木の下から、ふつうなら雑草として抜かれてしまうヘビイチゴまでが元気に赤い実をのぞかせている。

かみさんと私が一階に、二階に長男一家が住んでおりまして、庭は嫁が手入れをしてくれています。

風にはためく洗濯物の横を通り過ぎるとき、つと手を伸ばして乾き具合をチェック。

これは私が今朝、干しました。体のためにも、毎日できるだけ家事をやるようにしとるんですよ。

「トンチンカン夫婦《ふうふ》」という詩（158頁）にも書きましたが、かみさんも私と一緒でボケがひどくてね。毎日いろんなトンチンカンをやり合っておるんです。洗濯機に肝心の洗濯物を入れずに回しとったり、お米も入れずに炊飯器のスイッチを入れて炊いたつもりになっていたり、買い物に行ってお金だけ払って品物もらわんで帰ってきたり（笑）。

イライラしてパニックになるときもあるけれど、ボケのおかげで遭遇する世界のあまりの面白さに、たいていは二人で大笑い。笑いのかけらもない老夫婦の索漠たる日常に突然笑いが生まれるんですから、ほんと天のお恵みだと思います。〈明日《あす》はまたどんな珍《めずら》しいトンチンカンを／お恵みいただけるかと胸《むね》ふくらませている〉っちゅうのは、ほんと実感なんですよ。

この間もブドウをいただいたのをすっかり忘れとって、もうダメになっちゃったろうと思ったんだけど、うっかりして冷凍庫のほうに入れてたものだからコチコチに凍ってたんです。試しにかじってみたら、けっこうおいしくてね。三粒ほど食べて冷蔵のほうに移し、今度はふつうのブドウとしていただきました。これもまたボケのおかげです。

――と、天を仰ぎ見て顔をほころばせる。

それから写真を撮らせてという私たちのリクエストに応え、書斎のサッシと障子を開けて上がり口に腰を下ろした。中央に大きな机と椅子が置かれた部屋は、確かにきれいとは言いがたい。しかし、「無生物はいのちのお母さん」という話を聞いたあとでは、散らかっているというより、本やらノートやら封筒やら紙袋やらがのびのびと羽を伸ばしているようにも見える。

はい、あの机で詩や手紙を書きます。でも書こうとすると、ペンがないとか消しゴムがないとか探してばっかりで、必要なときに必要なものが見つかった試しがない。机の上もがらくたがいっぱいで水平なところが少ないから、デコボコしたとこで書くことが多くてね。いつも手に何かが当たって痛いんです。なにしろ、何年も机の顔を見たことがないありさまでして（笑）。

嘆いているようでもあり、それもまた面白がっているようでもあり……。

私の顔は、ほっぺたがこけてガイコツみたいになっとるから、頬骨が出っ張ってるでしょ。これだって私にとっては天の恵みみたいなもんなんです。なぜかというとね、仕事をするとき私はいつも頬杖をつくんだけれど、ここの出っ張りを支えに使うと非常にラクなんですよ。左手で頬杖をつきながら右手で字を書くこともあるし、両手でこうやって頬杖をついて休むこともあります。昔と違って、年をとると机に向かっていてもすぐ疲れちゃうんで、人さまから見たら気味が悪いだろうこのガイコツ顔がありがたい。

その感謝の気持ちを素直に表したのが、160頁の「チト」。これも本書のために寄せてくれた新作のひとつだ。

いつだったか、取材に来てくださった女の人に「握手してください」って言われてね。握手をしましたら、その人の手が赤んぼうのような柔らかさで、ビックリしたことがあるんです。家に帰ってから、ふと、あの人は「ヤスリと握手してるみたいだ」と思ったんじゃないかと気の毒になりました。私の手は、ほら、こんなにザラザラでしょ。食事のあと片づけは私がすることに

なっておるし、九六年も生きておりますからね。
ただ、あの方には気の毒なことしちゃったけど、私自身はこのザラザラに助けられてもいるんですよ。年寄りっちゅうのは体が乾燥しているせいか、よくあちこちかゆくなるんですが、爪でごしごしやらんでも、かゆいとこを肌でかける。フフフ、ラクちんラクちん。

老いというマイナスとされているものの中にプラスを見いだす。面白がり、楽しむだけでなく、天の恵みとして受け止め、感謝する——そうして一瞬一瞬を愛おしみながら、この人は毎日を過ごしているのだろう。

むろん年をとってからは、昔みたいにひとつの考えを追求するということは難しくなりました。根気は続かないし、自分の書いとることを理解できなくなることもある。しかし、ボケてモタモタしとるっちゅうのも、そう悪くはないもんでね。さわやかな頭で書くのとは、また違った雰囲気の詩が生まれるんですよ。思考がボヤーッとしたり、くっきりしたり、広がったり、狭《せば》まったり……そういう違いを利用しながら、今の自分にできるような形で詩に向かうという試みをしつつあります。

それと、私はなんでもかんでもメモするクセがあるんだけれど、メモするためには紙とペンがいりますよね。最近は、その筆記用具を忘れて出かけることが多いから、メモしようにもできないの（笑）。すると、このモーロク頭のささやかな記憶力に頼らなきゃいけなくなるでしょ。それがまた、ちょっと面白い気がして。自分の記憶の中に何が残っているか、あとどれだけ思い出して書くことができるかっちゅうようなことにも興味があるんです。

マイナスと思われているいろいろなこと、年をとるとか、忘れるとか、飽きるとか、休むとか、あるいは一番大きなところでは死ぬっちゅうこととか、そういうのも本当はみんな必要なことなんだと思います。もし死ななかったら大変なことになっちゃう。人間だけが寿命をのばしたために、今だってほかのものたちは相当に迷惑してる。私なんか、とうの昔に逝っとるはずなのに長生きしちゃって、未だに生かしてもらってるんですからねぇ。それだけでも、ものすごく申し訳ないような気持ちがあります。

ふと、まどさんが口をつぐんだ。ピーポーピーポーピーポー……近づいてきた救急車のサイレンが遠ざかり、聞こえなくなっても、まだ黙ったまま耳をすませている。

こんなふうに誰かと話しておっても、救急車のサイレンが聞こえると頭の中で呪文のように唱えずにはおれないんですよ。「イタミクルシミ、イタミクルシミ、イタミクルシミ、ありませんように」って。最後の「ありませんように」は、サイレンが消えるのに合わせて言わなきゃならん（笑）。子どものころは流れ星を見るたび、「字ソロバン、字ソロバン……」と唱えたもんです。流れ星が消えるまでにたくさん言えるほど、字とソロバンがうまくなると思ってね。「イタミクルシミ」はその習慣の名残《なご》りでしょう。

ただ、救急車に乗っている人のために祈りながら、同時に自分自身が最後のとき、あまり苦しまんですむようにという気持ちもある。私っちゅう人間は臆病な小心者で、痛いのや苦しいのが怖いんですよ。死も必要だなんて偉そうなこと話しておきながら、これですからね。自分でもあきれ果てます。

まあでも、長生きさせてもらったおかげで気づいたこともいっぱいある。たとえば、自然っちゅうのは見れば見るほど奥深いということ。木は歩くことも、もの言うこともできないけれど、小鳥が歌を歌って聞かせてやり、風や雨が木の葉を揺さぶり動かして木自身が歌うのを手伝ってやっとる。

私たちが毎日、「今日の死」を見送っているというのも、発見のひとつです。せっかくやってきた今日という日は、生まれたと思うとすぐ立ち去ってしまう。そんな重大事が、なんでもない当たり前のことのように日々繰り返されておるんですね。それは、私たちが自分自身の死を迎えるときあわてふためかずにすむようにと、天が練習をさせてくださってるんじゃないか……っちゅうことにハッと気がついて、そういう内容の詩も書いております。

若い人は若いなりに、中年は中年なりに、年寄りは年寄りなりに、その年齢なりの発見が必ずあるんじゃないかなぁ。ぼんやり見過ごさずに一生懸命見れば、この世の中にハッとすることは無限に存在し続ける。そして、自分を震えさせてくれるものがあれば、詩は生まれてくるんだと思います。

おならは　えらい

おならは　えらい

でてきた　とき
きちんと
あいさつ　する

こんにちは　でもあり
さようなら　でもある
あいさつを…

せかいじゅうの
どこの　だれにでも
わかる　ことばで…
えらい
まったく　えらい

トンチンカン夫婦《ふうふ》

満《まん》91歳《さい》のボケじじいの私《わたし》と
満84歳のボケばばあの女房《にょうぼ》とはこの頃《ごろ》
毎日競争《きょうそう》でトンチンカンをやり合っている
私が片足《かたあし》に2枚《まい》かさねてはいたまま
もう片足の靴下《くつした》が見つからないと騒《さわ》ぐと
彼女《かのじょ》は米も入れてない炊飯器《すいはんき》に
スイッチ入れてごはんですようと私をよぶ
おかげでさくばくたる老夫婦《ろうふうふ》の暮《く》らしに
笑《わら》いはたえずこれぞ天の恵《めぐ》みと

図にのって二人ははしゃぎ
明日《あす》はまたどんな珍《めずら》しいトンチンカンを
お恵みいただけるかと胸《むね》ふくらませている
厚《あつ》かましくも天まで仰《あお》ぎ見て…

チト

オレの顔はもう
ひとかどの　がいこつ顔
カガミで　じっくり眺めると
両頬の骨が出っぱってて
えらそうに　かまえている
オレは頬杖をよくつくが
左右別々についても
両方いっしょについてもきっと
この出っぱりに支えてもらい
あんらくちん！
しかも机に坐《すわ》っているかぎり

頬杖はやめないから
字をかいていようが
ただぼやっとしていようが
あんらくちんがつづくばかりで
これぞ天のお恵み
でなくて　何《なん》であろう
と、えへらえへら
われながら　チト　きみわるいが

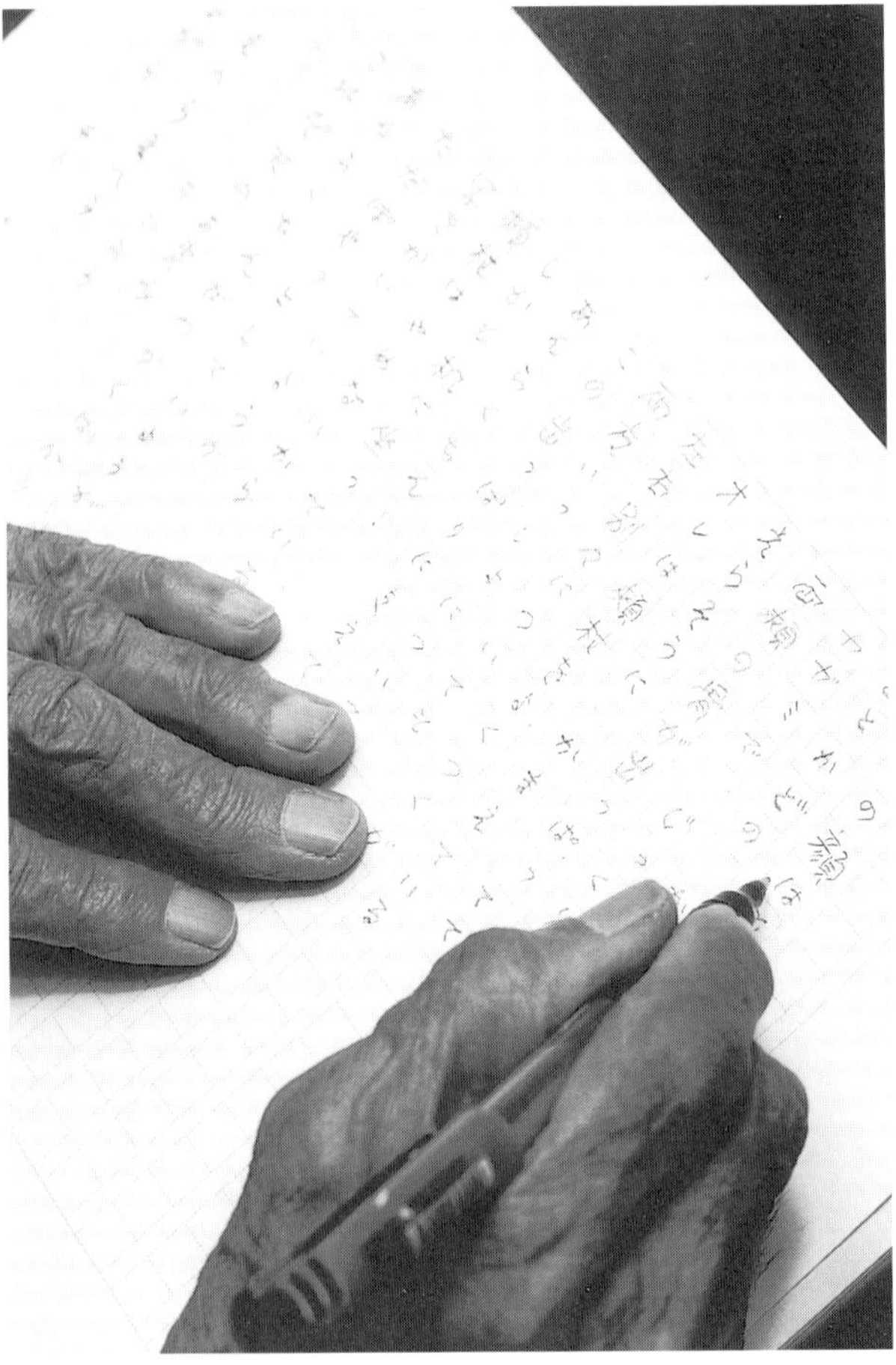

第七章
生かされていることに感謝

失敗と思ったことが、新しい世界へのドアになる

台風一過で空が青く澄みわたった九月の午後、「豆助屋」の入り口に紙袋を提げたまどさんが、いつもどおり約束の時間ちょっきりに現れた。こちらの姿を見つけたとたん、愛用のピケ帽を脱いで笑顔になる。席に着くとガサゴソゴソ。紙袋から筆記具や拡大鏡と一緒に、一冊の本を取り出した。タイトルは『ネコとひなたぼっこ』（理論社刊）。

ようやく新しい詩集ができたので、もらっていただこうと思って。低血圧で本が読めないいっちゅう話を前にしましたでしょ？　だから、たまぁに難しい本を私なりの勝手な読み方でわかったように感じると、うれしくってね。私と同じで本が読めない猫を抱っこして、ひなたぼっこしながら喜んでるという詩を書いたんです。その詩の題が書名になりました。ほんとは、うちにいるのは猫ではなく、メロンっちゅう名前の年とった犬なんだけど。

そんな話をしながら、持参した細字のボールペンで詩集にサインをしてくださる。絶え間なく小刻みに震え続ける手で、一文字一文字丁寧に。

字も震えちゃって、ごめんなさい。こんなふうに小さく震えるだけならいいんだけど、ときどきバーッととんでもない動きをするし、目も悪くなってるから、最近は絵が全然描けなくてね。昔はよく描いてたんですよ。基本もできてない、ひとりよがりの絵ですけど。

貧困な語彙を操って詩を書いてますのでね。ものの本質に迫りたい、一行でたくさんのことを表現したい、自分の新発見だと言えるものを出していきたい……と思って頑張っていると、どうしても眠くなっちゃうんです。その点、絵だったら、画材屋に行けば画材はなんぼでもある。

私がおもに使っていたのはクレヨンでしたが、ボールペンでもフェルトペンでも水彩絵の具でも、使えるものならなんだっていい。紙やペンなどの道具に助けられて描いてますと、偶然が新しい世界を開いてくれるみたいな感じがしてね。夢中になってやっとるうちに、牛乳屋さんが配るビンの音がして、もう朝だと気づくなんちゅうこともよくありました。

本書にはさみこんだ八点の絵は、そうして生み出された作品のごく一部だ。まどさんが描くのは、ほとんどが抽象画。一〇年間勤務した出版社を退職し、創作に専念するようになった五〇代前半に集中して描いたという。

私がやりたいのは抽象。「ぞう」の絵（82頁）みたいな具象画に近いのは面白半分にやっとるだけで、具象には全然興味がない。あの絵でしたら、ゾウのまわりが好きですね。あれはボールペンを紙の上で丹念にグルグルグルグルまわしていって、白い地が見えなくなるまで塗りつぶしてあるんです。紙がだんだんビロードのような肌ざわりになって、波打ってくるくらいに。たいていは、下描きどころか何を描くかすら考えず、そのときその場にあった画材を使って、とにかく紙の上に何かを描き始めます。気がついたら、こんな絵になっとったっちゅう感じでね。タイトルはできあがってからつける。つけないことも多かったですね。

抽象画が好きな理由を、三五年前に書いたエッセイ、「私の一枚・セルゲ・ポリアコフ『無題』」の中で、まどさんはこう説明している。

〈ことばによって命名されたり、ねじ曲げられたり、端折られたり、曖昧にされたりする以前の世界が、そのまま純粋に視覚的な構築を得たものが抽象画であって、それは私には、この世で視覚が「名前」と「読み」と「意味」から自由になれる唯一の世界のように思える〉

いつでしたか、名前と本質は違うという話をしましたよね。私たちの生活はあらゆるものに名前をつけることで成り立ってますし、実際、名前がなかったら困るわけだけれど、この名前っちゅうやつがくせ者なんですよ。「これはカップで、コーヒーや紅茶を飲むための器《うつわ》だ」と、便宜的につけられた名前と意味を読んでしまったとたん、名前の後ろに隠れている存在そのものを見られなくなってしまう。抽象画なら、そういうものから解放されて自由になれる気がしてね。

ボールペンでグルグルやっとるうちに紙が破れることもあったけど、裏に別の紙をあて補修して描き続けてました。破れたっちゅうことも、完成させる途中にあるできごとだし、逆に破れてくれたほうがうれしい。そこからどんな世界が開けていくかわからないので、楽しみなんですよ。そうなりますと、失敗っちゅうのはないってことになる。

絵以外のことにも、それは言えるのかもわかりませんよ。たとえば人間は、自分がやりたいと思うことが自分に合っとるのか合っとらんのかわからんで、気がついたら失敗しとったっちゅうようなことが、ものすごく多いでしょ。でも失敗だと気づいたら、その時点から、それを直すにはどうしたらいいかを考えたり、同じ過ちを繰り返さないようにすれば、失敗は失敗でなくなる。私みたいな年寄りになっちゃったら、もうそんな修正はできませんが、若い人たちの場合は人生における失敗というのはないんだと思います。

……ただ、この手の震えが止まって、また絵が描けたらなぁと、やはり思わずにはおれません。私にとっちゃ絵のほうが詩よりラクに、自由自在に描ける感じがするんですよ。言葉を使う詩の場合は、ものの本質を見届けようといくら苦心惨憺しても、どうしたって名前や意味から自由になれない宿命みたいなものがありますから。いや、言葉の宿命なんて大げさなことを言って、自分が納得のいく詩を書けない言い訳をしてるだけですね。言葉の微妙なところを踏まえて、自在に操ることのできる人だっているんだから。

視覚を自由に解き放ちたいと抽象画に没頭していた日々、そのために今も絵を描きたいという祈りにも似た切実な思い、そして、自身の甘えや思い上がりを決して見逃すまいとする真摯なまなざし……それらもまた、まどさんの詩が秘めている力の源なのかもしれない。私たちが無意識のうちに身につけてしまった先入観の殻にヒビを入れ、新鮮な目で世界を見つめ直す手がかりとなる、静かだけれど永続的な力の。

完全なものができないからこそ、書き続けていられる

あ、そうそう、今日は日記帳ももってきとったんだ。

日記帳っちゅうのは覚え書きみたいに、昨日はどういうことをしたかとい

うようなことを、わずかな行数で書くのがふつうでしょ。ところが私の場合は、予定も書けば、グチもこぼす。その日に見たこと感じたこと、ずっと忘れとって思い出したことも書く。夜中にトイレに起きたときに、ふと思いついたことも書く。もうメチャクチャなんです。

紙袋をまたガサゴソさせて取り出したのは、表紙に「2005.5.6〜」とだけ記された大判の大学ノート。まだ午後二時半だというのに、今日の日付のところにも、すでに一頁近く何やらびっしり書き込まれている。昨日の欄には、付箋タイプのメモ用紙までがペタンと貼りつけてある。

ビニール傘、弁当、小さいハサミ……これは、昨日の買い物リストです。こっちのサハラ砂漠っちゅうメモはなんだっけ？　あ、テレビで見たサハラ砂漠のパタスモンキーが、飛び跳ねながら移動する姿が面白かったんだ（笑）。こんなふうになんでもかんでも毎日書いとるから、すぐノートを使いきっちゃうんです。

これは詩になりそうだなと思うことを赤ペンで囲んでおいたりはしますが、実際に見返して詩を書くのはまれじゃないかなぁ。私にとって日記は、詩の材料とか何かのためではなく、天に対して書いとるっちゅう感じがします。

天というのは、前にも言いましたように、宗教上の偉い人じゃなく宇宙の意志みたいなもの。すべてお見通しの力に対して嘘は絶対につけないっちゅう気持ちがあるから、自分がしたどんないやらしいことも、みんな正直に書いとるんです。

そういう意味では、私の詩も天への日記、「今日はこのように生きました」っちゅう自然や宇宙にあてた報告のような気がします。「きょうも天気」という詩（189頁）に、〈花をうえて／虫をとる／猫《ねこ》を飼《か》って／魚《うお》をあたえる／Aのいのちを養い／Bのいのちを奪《うば》うのか／この老いぼれた／Cのいのちの慰《なぐさ》みに〉と書きましたが、これは私の考えの基本みたいなものでね。すべてのいのちが、ほかの尊い存在を犠牲にしたうえで成り立っているわけですが、われわれ人間の場合は個体を保つためだけでなく、自分勝手に遊び半分で、ほかのいのちを慰みにしとる。そのことの重みをしっかりと受け止め、考え続けなければと思っておるんです。そして、そのような形で私を私としてあらしめてくれている大いなるものに応えるべきだと。

ただ、私自身は「生かしてくださって、ありがとうございます」とお礼を言っているつもりでも、天にしてみたら大迷惑でね。「まど・みちおが詩集なんか出したために、また木が犠牲になった」と思われとるかもわかりません。

でも、生きものっちゅうのは何かをしなくちゃおれないものですし、自分がこの世からいなくなったあとで何もなくなるのは寂しいっちゅう気持ちもあるから、お礼も込めて生きとった痕跡を残したい。それが私にとっては、詩を書くことなんだと思います。

『まど・みちお全詩集』（理論社刊）が出版された九二年に取材させていただいたときのこと。それまでに発表した童謡、詩、散文など約一二〇〇編を年代順に収めた七〇〇頁を超える本を前に、当時八三歳だったまどさんは、穴があったら入りたいとでもいうように小さく小さくなっていた。

全詩集というのは、作者が死んでから出したい人が出せばいいものだと思うんです。ところが今出すとおっしゃるから、ショックでね。やめてほしいとお願いしたんだけれど、伊藤英治さんという編集の方がすごく熱心で、雑誌や新聞に発表したっきり私自身も忘れてる作品まで集めてくださったので、その情熱に押されてしょうがなしに出していただくことにしたんです。

でも、校正のとき昔の詩を見たらね、書いた時点ではよしとしたから発表したんでしょうけど、今の私には納得できんものばかりで……。ふつう全集には、その時代時代に書いたものをそのまま入れるのが当然だし、直したら意味がないのはわかってるんだけど、直さずにはおれませんでした。死んでからならそのままでいいんですが、生きてるうちに出すなら、やっぱり自分として最高のものでなくちゃならんと思って。

だけど、最高のものを書くというのがそもそも不可能なうえに、ボケて脳細胞がこんなに少なくなっちゃってる状態でしょ。一、二回直しただけじゃ、必ず改悪なんですよ。六回ぐらい直して、「もう今の時点では、これよりほかしようがない」と思っても、ちょっとたつとまた不満になる……。だから、この本は私にとって不満集の改悪集なんです。

編集の伊藤さんによると、いつまでも校正刷りを戻してくれないまどさんから、それこそ「ひったくるようにして」受け取り、やっと出版できたのだという。その二年後、「増補新装版」を出した際に二〇〇編をまた直し、さらに二〇〇一年発行の「新訂版」でも五〇編に手を入れている。

座って詩を書いてるときは悪かったおつむの血のめぐりが、書き上がった詩を清書して郵送するためポストに歩いていくうちに、だんだんよくなってきてね。「ああ、あそこ、こうしておけばよかった」と思い出されるものだから、結局、投函せずに引き返すことが多くて（笑）。

もっとも、このごろはずうずうしくなってきちゃって、前なら持ち帰りよったような詩でもポストに入れてしまうことが多いんです。作家的良心を失ってるのかもしらんけど、発表してもあとで直しゃいいんだからと思って。

数年前、まどさんからいただいた詩集を開いたら、新刊だというのに鉛筆の書き込みがあちこちにあった。「間違えて自分用の取り置きを送ってしまいました」と恐縮していたが、そういうことだったのか。たとえその詩集が増刷されることなく、せっかく直した詩が人目に触れずに終わったとしても、まどさんは手を入れずにはいられないのだろう。

足りない脳細胞のくせに、やっぱり何かを望んでるんでしょうね。自分のもってる美意識の満足するもんでなくちゃ不満でならないようなところがあるんだけど、いつまでたっても満足するものに近づけない。

なんちゅったらいいか……いつも、もどかしさがあるんですよ。自分が本当に感じている一番大事なものにまだ近づかない、それどころか遠くかけ離れたものを書いとるっちゅう感じがね。もっとまっとうなものにしなくちゃいかんと思うから、それを繕うて繕うて、つじつま合わせをしたがることが多いんです。手紙で言うなら、P.S.――追伸っちゅうやつ。情けないけれど私は、あれが必ずいる人間なんだと思います。

しかし、どれもこれも、いまいちなんだよなぁ。私の書いたもので、本当に感動するものがあるかと言ったら、まるきりだと思います。だから、自分の詩集を開くたび、印刷された詩に「あなたのおかげでこんな恥ずかしい思いをしています」と、うらめしげな目で見られているような気がしてね。

これ以上、直しようがないと思う詩もいくつかあることはあります。〈そらの／しずく？／うたの／つぼみ？／目でなら／さわっても　いい？〉という「ことり」だとかね。でもそれだって、私のささやかな能力では直せないってことで、小鳥という存在の本質や、なぜにそれが存在しているかという理由に迫りきれているわけじゃない。

もっとも、ものが存在しているのは宇宙の意志だと考えるなら、その意志によってつくられている人間が、それも情けない人間の中でも典型みたいな私が、そういうことを表現したいと望むのは、もうまったく無茶な話でね。不可能を求めてるようなものなんだから、あきらめるしかないんだけれど、にもかかわらず、あきらめきれないいっちゅうかなぁ。

だから、生涯、私には完成作というのはないんだと思います。死ぬまで未完成作だけを発表し続けて終わった物書きっちゅうことになるんだろう、と。でも逆に、だからこそ、この年になっても書き続けていられるんでしょうね。もし完全なものができていたら、もうイヤになっていたかもわかりません。いつも、ほんとに自分の書きたいところまでいけないので、「今度こそ、今度こそ」と思いながらやり続けてるわけですから。

国際アンデルセン賞をはじめ数々の賞を受賞している詩人の謙虚さに驚かされ、その思いを口にすると、隣の席の女性が振り返るほど大きな声で否定した。

謙虚なんかじゃないですよ、ほんとにダメだからダメだと言ってるだけなんです。

だいたい私はね、いのちの尊さをずっと詩にしていながら、第二次大戦中に二編も戦争協力詩を書いとるんです。しかも、ある方に指摘されるまで、そのことを戦後はすっかり忘れておった。今となっては、当時の子どもたちにお詫びも何もできないから、とにかく世の中の人に知らせて罵倒《ばとう》していただこう、糾弾《きゅうだん》していただこうと、全詩集に戦争詩を載せたんですね。ああいう時代にああいう作品を書いたってことは、私っちゅう人間はいつまたどんなことをするかもわからん。ですから、自分がぐうたらなインチキで時流に流されやすい弱い人間だということを、自戒し続けなくちゃならんのです。

それに、私はすごく謙虚なようなこと言っていても、実際は見せびらかしたり偉ぶったりするのが好きな人間でね。そういう自分を毛嫌いしているにも関わらず、無意識のうちに自分をよく見せようとする。気をつけてないと、きれいごとや偉そうなことを言いかねないんですよ。

「なんでもない」って詩（184頁）にも書きましたが、なんでもないことを本当になんでもなく書けたらと思います。自分という殻を脱ぎ捨てて、雑念や不純物をいっさい排除し、心ひとつになって……。なんでもなく書いた作品から、心の深ぁいところで思っていることが、やむにやまれずにじみ出るようにでたとすれば、どんなにうれしいことか。

以前、谷川（俊太郎）さんが、私の詩について「自己表現の詩ではない」

とおっしゃってました。「自分は消してしまって、その代わりに、自分が信じている宇宙の仕組みとか素晴らしさみたいなものが言葉で残ればいいと思ってるんじゃないか」っちゅうようなことを。あの方は、わずかな材料で人の本質を見通すようなところがあって、確かにそれが私の理想なんです。私には難しすぎて、死ぬまで無理でしょうけど。

童謡の作詞家として知られていたまどさんが、最初の詩集『てんぷらぴりぴり』（大日本図書刊）を上梓したのは五八歳のとき。詩人としてのスタートはかなり遅いが、その後の四〇年近い歳月を、決して届かないと見極めた理想にほんのわずかでも近づこうと、ひたすらに歩み続けてきた。

〈神さま／私という耳かきに／海を／一どだけ掬《すく》わせてくださいまして／ありがとうございました〉と始まる「臨終《りんじゅう》」っちゅう詩（183頁）。あれは本当に実感なんですよ。ごくふつうの日常品である小さな耳かきで掬えるのは、もうひとしずくとも呼べんぐらいわずかな一滴でしょ。それと同じで、ある

かないかわからんほどのひと粒である私にできるのは、ほんのささやかなことだけれど、小さいなりに一生懸命何かをなして、生かしてくださったお方のところへ行けたらなぁと思います。

そのためには、ひとつひとつの詩が現在の自分でなくてはならん。人のマネでもなく、昨日の自分でも、明日の自分でもなく、常に今の自分で書いていかなければならないと思うんですね。

昨日の自分っちゅうのは、自己模倣。要するにマンネリです。年のせいにするのは悪いけど、九〇歳を越えますとボケてしまって、無意識のうちに昔の作品をなぞって書いていたりする。それが怖いんです。マンネリにバラエティをつけただけのもんじゃ、どうしようもありませんからね。

「明日の自分」であってもいけないのは、なぜ!?

私は、ふつうの人が退職するころ、やっと本気で詩を書き始めましたからね。私といういのちの山のてっぺんが、いつだったかわかりませんが、いずれにせよ出発したときにはかなり下っておったんです。上り坂のときなら、明日は今日よりよくなるけれど、今は日に日に頭も体も弱っていくばかり。
だから、明日はないものと思って、今日の自分をカラカラになるまで絞り尽くして書かなければならんわけです。登って下って麓《ふもと》に下りたときが、あちらに逝くとき。そのときに、あまり後悔することがないよう生きられたら幸せだと思います。

ガサゴソゴソ……またも紙袋を探り始めたまどさん、「この中から、載せてもいいと思う詩があったら使ってください」と、数枚の原稿用紙を手渡してくれた。その一編が、186頁の「ワタシの　一しょう」だ。

これこそ最近作です。この詩のように、言葉遊びが基本になってる何かをこれからもやりたいですね。たとえば、今問題になっているアスベストと「現在のワーストが最後のベストになる」というような言葉遊びを組み合わせてみたり。

そうそう、ハサミの指を入れる穴があるでしょ。あの部分をメガネにして見ると、何が見えると思います？　フフフッ、暇の本質が見える。年寄りは暇がありますから、こういうバカなことを思いつくわけですね。

いくつになっても一生懸命になりたいモチーフみたいなものは見つかります。そのときそのときの自分の気持ちや新発見を書きながら、ちゃちな仕事ですが死ぬまで続けたいと思っております。

……あの……もう、このぐらいでいいでしょうか。どうせ同じことしか話せんし、そろそろ取材はやめていただきたいんです。もう放免してください、お願いします、すんません。

じつは二度目の取材のときから「放免して」と言われていたのだが、まどさんのやさしさにつけこみ、「もう少し、もう一度」と粘り続けてきたのである。しかし、それも限界のよう。まだまだうかがいたいことはあるけれど、そろそろ帰してあげなければ。「いやっちゅうほどある」という、書きかけの詩のもとへ。

臨終《りんじゅう》

神さま
私という耳かきに
海を
一どだけ掬《すく》わせてくださいまして
ありがとうございました
海
きれいでした
この一滴《いってき》の
夕焼を
だいじにだいじに
お届《とど》けにまいります

なんでもない

なんでもない　ものごとを
なんでもなく　かいてみたい
のに　つい　なんでもありそうに
かいてしまうのは
かく　オレが
なんでもないとは　かんけいない
なんにもない　にんげんだからだ

ほら　このみちばたで
ホコリのような　シバのハナたちが
そよかぜの　あかちゃんとあそんでいる

こんなに　うれしそうに！
なんでもないからこそ
こんなに　なんでも　あるんだ
天のおしごとは
いつだって　こんなあんばいなんだ

ワタシの　一しょう

ハジメ　よかった
がっこうに　かよった
かよった　かよった
ワタシの　一ねんせいは
かっこう　よかった

オワリ　よかった
かわやに　かよった
かよった　かよった
ワタシの　九十六　ねんせいは
かわい…らしかった

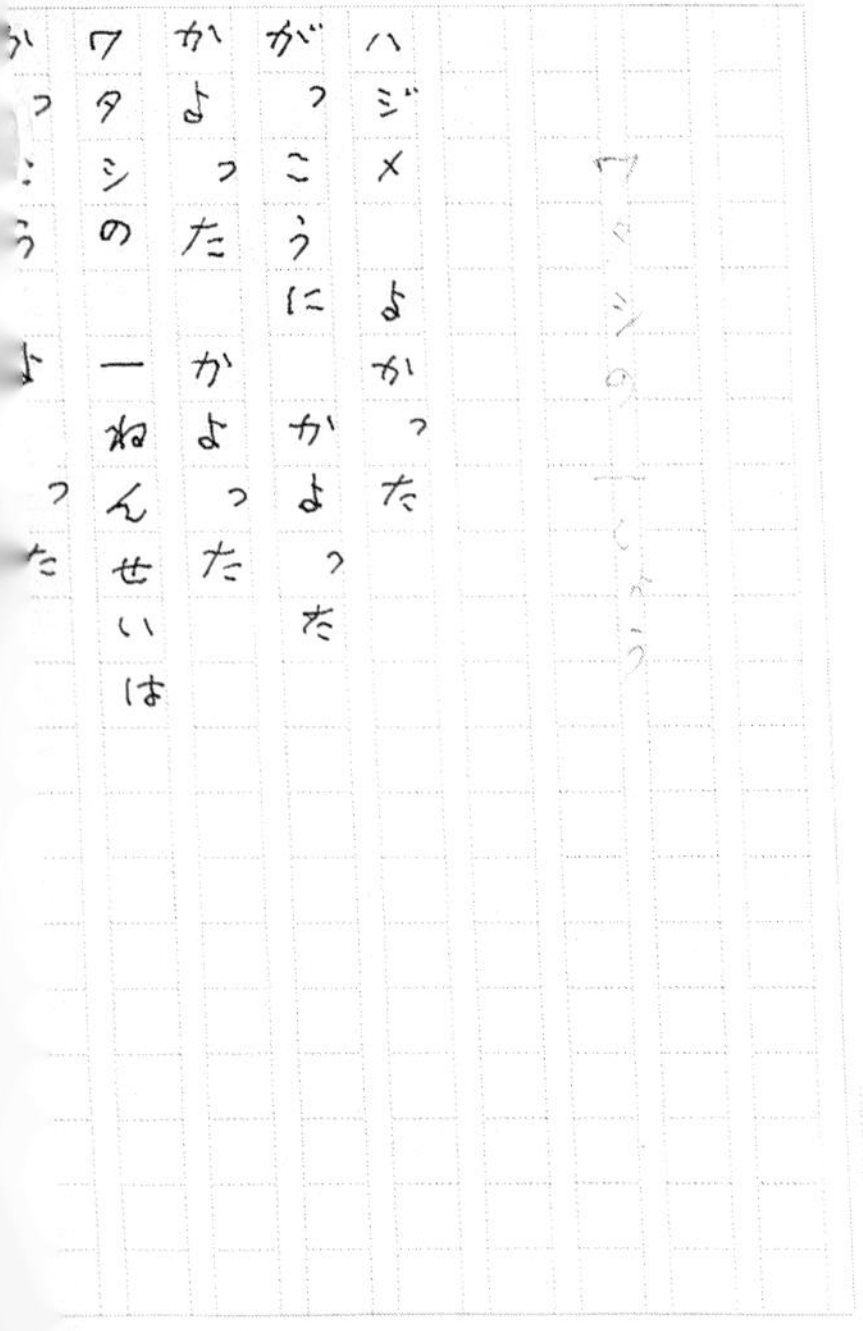
ワタシの一しょう
ハジメ　よかった
がっこうに　かよった
かよった　かよった
ワタシの　一ねんせいは
かっこう　よかった

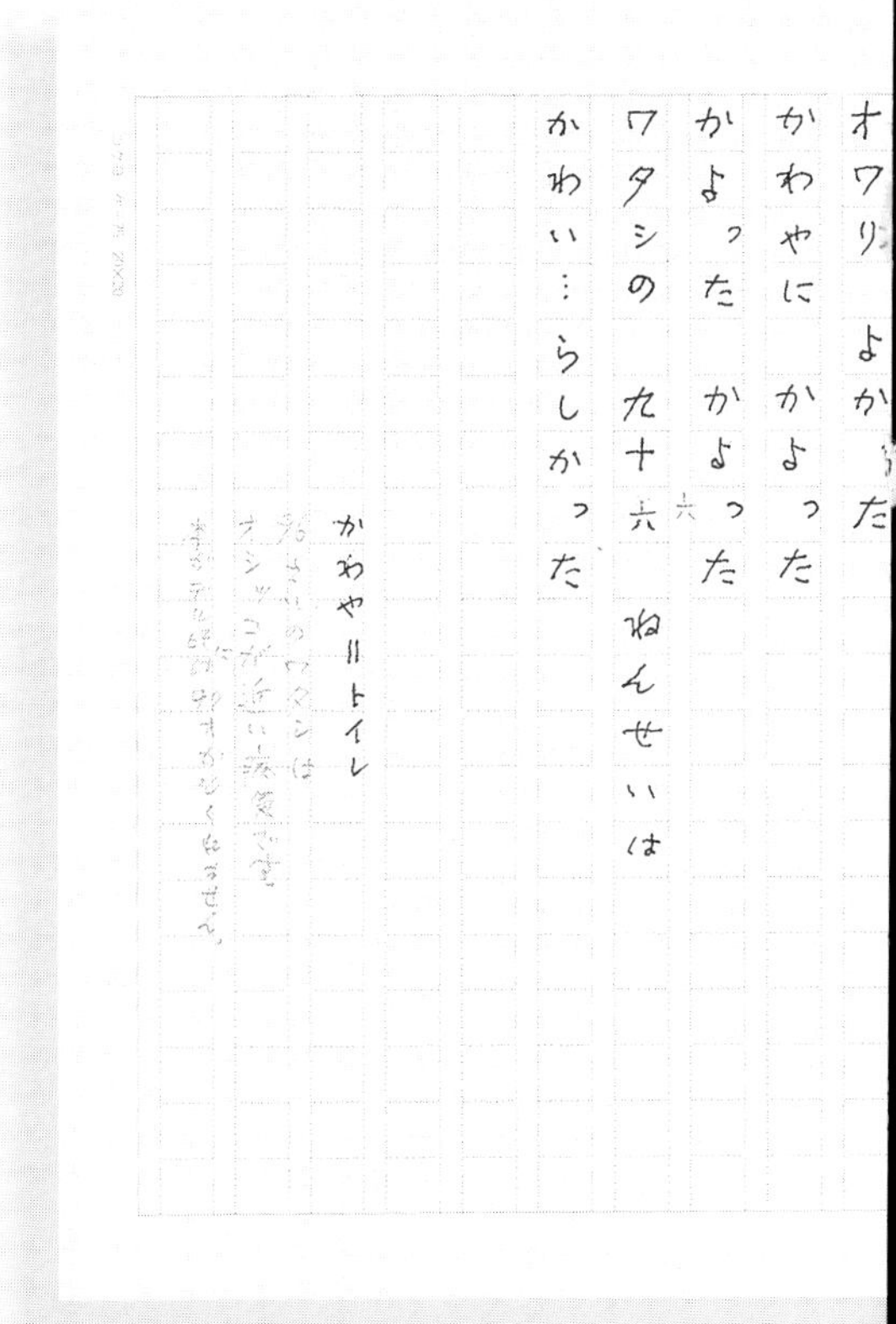
オワリ よかった
かわやに かよった
かよった かよった
ワタシの 九十六 ねんせいは
かわい…らしかった
かわや＝トイレ
96さいのワタシは
オシッコが近い病気です
本がデル頃には97才かもしれません

かわや＝トイレ

96さいのワタシは
オシッコが近い病気です。
本がデル頃には97才かもしれません。
（注・数え年で）

きょうも天気

花をうえて
虫をとる
猫《ねこ》を飼《か》って
魚《うお》をあたえる

Aのいのちを養い
Bのいのちを奪《うば》うのか
この老いぼれた
Cのいのちの慰《なぐさ》みに

きのうも天気
きょうも天気

〈作品データ　詩〉

●第一章

★「ぞうさん」初出／『日本童謡絵文庫第６巻　新日本童謡集』1952年　あかね書房　底本／『ぞうさん』1975年　国土社　一部改稿　国土社　「ノミ」初出／「子どもの側に立つ国語科授業」26号1998年　光文書院　底本／『メロンのじかん』1999年　理論社　「ぼくが　ここに」初出・底本／『ぼくが　ここに』1993年　童話屋　★「いわずに　おれなくなる」初出・底本／『まど・みちお詩集５　ことばのうた』銀河社（1985年　かど創房より再刊）★「ふしぎな　ポケット」初出／「保育ノート」1954年　国民図書刊行会　底本／『ぞうさん』1975年　国土社　★「ふたあつ」初出／「桑の実」（第２次第７号）1936年　白象社　底本／『まど・みちお童謡集　地球の用事』1990年　JULA出版局　★「リンゴ」初出／「びわの実学校」第55号　1972年　びわの実文庫　底本『まど・みちお少年詩集　まめつぶうた』1973年　理論社　★「ページ」初出・底本／『まど・みちお詩集４　物のうた』1974年　銀河社（1982年　かど創房より再刊）

●第二章

★「シソのくき」初出／「びわの実学校」第55号　1972年　びわの実文庫　底本／『新訂版　まど・みちお全詩集』2001年　理論社　★「アリ」初出／「びわの実学校」第62号　1974年　びわの実文庫　底本／『まど・みちお詩集２　動物のうた』1975年　銀河社（1985年　かど創房より再刊）★「ミミズ」初出／『まど・みちお詩集２　動物のうた』1975年　銀河社（1985年　かど創房より再刊）底本／『新訂版　まど・みちお全詩集』2001年　理論社　★「カ」初出／「日本児童文学」1969年１月号　日本児童文学者協会　底本／『まど・みちお少年詩集　まめつぶうた』1973年　理論社　★「さくら」初出・底本／『風景詩集』1979年　かど創房　★「蚊」初出／「童話」第293号1978年　日本童話会　底本／『風景詩集』1979年　かど創房　★「アリくん」初出／「子どもの館」1979年11月号　福音館書店　底本／『まど・みちお少年詩集　いいけしき』1981年　理論社

●第三章

★「つけものの　おもし」初出・底本／『てんぷらぴりぴり』1968年　大日本図書　「ゆのみ」初出・底本／『うめぼしリモコン』2001年　理論社　★「もうひとつの目」初出／「びわの実学校」第55号　1972年　びわの実文庫　底本／『新訂版　まど・みちお全詩集』2001年　理論社　★「かいだん・Ｉ」初出・底本／『てんぷらぴりぴり』1968年　大日本図書　「どうしてなのだろう」初出・底本／『それから…』1994年　童話屋　一部改稿「ものたちと」初出・底本／『ぞうのミミカキ』1998年　理論社　★「かず」初出／『まど・みちお少年詩集　まめつぶうた』1973年　理論社　底本／『新訂版　まど・みちお全詩集』2001年　理論社　一部改稿　★「あいさつ」「いびき」「しゃっくり」（「けしつぶうた」の一部）初出／「あいさつ」「しゃっくり」「日本児童文学」第２巻第２号　1956年　児童文学者協会「いびき」＝『まど・みちお少年詩集　まめつぶうた』1973年　理論社　底本／『新訂版　まど・みちお全詩集』2001年　理論社　一部改稿

●第四章

★「頭と足」初出・底本／『まど・みちお詩集６　宇宙のうた』1975年　銀河社（1985年　かど創房より再刊）★「つきの　ひかり」初出／『まど・みちお少年詩集　まめつぶうた』1973年　理論社　底本／『新訂版　まど・みちお全詩集』2001年　理論社　★「一つぶよ」初出／「童話」第366号　1983年　日本童話会　底本／『まど・みちお少年詩集　しゃっくりうた』1985年　理論社　★「とおい　ところ」初出／「佼成」1971年６月号　佼成出版社　底本／『新訂版　まど・みちお全詩集』2001年　理論社　「なんじなんぷん！」初出・底本／「文藝別冊　まど・みちお」2000年　河出書房新社　★「ふと」初出・底本／『まど・みちお少年詩集　いいけしき』1981年　理論社　★「てつぼう」初出・底本／『まど・みちお少年詩集　しゃっくりうた』1985年　理論社　一部改稿　★「地球の用事」初出・底本／『てんぷらぴりぴり』1968年　大日本図書　「私たちは」初出・底本／『でんでんむしのハガキ』2002年　理論社

●第五章
★「がいらいごじてん」初出／『まど・みちお詩集5　ことばのうた』1975年　銀河社（1982年かど創房より再刊）　底本／『新訂版　まど・みちお全詩集』2001年　理論社　一部改稿　★「『けむり』と『ねむり』」初出・底本／『まど・みちお詩集5　ことばのうた』1975年　銀河社（1982年　かど創房より再刊）一部改稿　★「どこの　どなた」初出『児童文学1980』1980年　聖母女学院短期大学児童教育学科　底本／『まど・みちお少年詩集　いいけしき』1981年　理論社　「木の字たち」初出・底本『たったった』2004年　理論社　「ルスでした」　書き下ろし　★「やぎさんゆうびん」初出／NHK　1951年　底本／『ぞうさん』1975年　国土社　★「するめ」初出／「日本児童文学」1969年1月号　日本児童文学者協会　底本／『まど・みちお少年詩集　まめつぶうた』1973年　理論社　★「ミミズ」「ワニ」（「けしつぶうた」の一部）初出／『世界の絵本　少年詩歌集』1951年　新潮社　底本／『新訂版　まど・みちお全詩集』2001年　理論社　一部改稿　★「ケムシ」「ノミ」（「けしつぶうた」の一部）初出／「日本児童文学」第2巻第1号　1956年　児童文学者協会　底本／『まど・みちお少年詩集　まめつぶうた』1973年　理論社　一部改稿

●第六章
★「おならは　えらい」初出／「童話」第384号　1985年　日本童話会　底本／『まど・みちお少年詩集　しゃっくりうた』1985年　理論社　「トンチンカン夫婦」初出／「文藝春秋」2001年1月号　文藝春秋　底本／『でんでんむしのハガキ』2002年　理論社　「チト」書き下ろし　★「はなくそぼうや」初出／「びわの実学校」第55号　1972年　びわの実文庫　底本／『まど・みちお少年詩集　まめつぶうた』1973年　理論社　「ちゅうしんせん」初出・底本／『ネコとひなたぼっこ』2005年　理論社

●第七章
「きょうも天気」初出／「プリーツ」第4号（木坂涼氏の個人誌）1994年　底本／『きょうも天気』2000年　至光社　「なんでもない」初出・底本／『たったった』2004年　理論社　「臨終」初出／「日本現代詩の六人」1999年　The Morris-Lee Publishing Group　底本／『きょうも天気』2000年　至光社　「ワタシの　一しょう」書き下ろし　★「ことり」初出・底本／『ぞうさん　まど・みちお子どもの歌100曲集』1963年　フレーベル館

※★印がついた詩は『新訂版　まど・みちお全詩集』（理論社刊）に所収

〈作品データ　絵画〉

ぞう／1977年7月　178×255　水彩・ボールペン
はる／1961年12月4日　378×270　水彩・ボールペン・フェルトペン
壁面／1964年9月　260×374　クレヨン・水彩・ボールペン・フェルトペン
無題／1964年9月　380×270　水彩・ボールペン・フェルトペン　☆
吹雪の夜／1961年12月　378×271　水彩・ボールペン
さーくる／1961年11月1日　378×269　クレヨン・ボールペン
みなもと／不明　270×384　クレヨン・水彩・ボールペン・フェルトペン
くじゃく／1977年8月　540×380　水彩・ボールペン・フェルトペン　☆

※題名・製作年月日・サイズ（縦×横　ミリメートル）・画材の順で表記
☆印の作品は個人蔵
その他は周南市美術博物館蔵

まど・みちお●
1909年11月16日、山口県生まれ。詩人。道路、橋梁工事の測量・設計・施工、工業学校教師、工場の守衛、子どもの雑誌や本の編集などの仕事をしながら、童謡や詩を発表。52年、「ぞうさん」（團伊玖磨・曲）がNHKで初放送され、広く愛されるようになる。59年に国民図書刊行会を退社後、創作に専念。92年刊行の『まど・みちお全詩集』で芸術選奨文部大臣賞など数々の賞を受賞。また、美智子皇后選訳の『THE ANIMALS　どうぶつたち』を日米同時出版。94年には、日本人で初めて国際アンデルセン賞作家賞に輝いた。2003年、自作の絵と詩からなる『まど・みちお画集　とおいところ』が話題に。

いわずに おれない

著者　まど·みちお

発行日　2005年12月25日　第1刷発行
　　　　2006年 1月28日　第2刷発行

発行者　大塚 寛
発行所　株式会社　集英社
〒101-8050　東京都千代田区一ツ橋2-5-10
（編集部）　03(3230)6289
電　話　（販売部）　03(3230)6393
（読者係）　03(3230)6080
印　刷　凸版印刷株式会社
製　本　凸版印刷株式会社

 ISBN4-08-650101-5
定価はカバーに表示してあります。